隠蔽捜査（いんぺいそうさ）5

宰領

今野敏

1

「我已經熟門熟路了，不用擔心啦。」

兒子邦彥說。龍崎伸也覺得他說的沒錯。要考試的是邦彥，就算家人忐忑不安，也愛莫能助。

所以不管是大學入學中心考試的前一天或當天，龍崎都過著一如往常的生活。他沒有特別把電視音量轉小，也沒有刻意提早回家。

兩天後就是東大第二次學力考試。這天晚上，他也完全沒有放在心上，然而妻子冴子和女兒美紀卻非如此。

「怎麼可能不在乎？」冴子說。「不管考過幾次，還是一樣會緊張的。」

用完晚飯後，也沒有人離開客廳。平常的話，邦彥和美紀都早早就回去自己的房間了。

邦彥重考了兩年，因此這是他第三次參加東大入學考了。就像本人說的，或許已經習慣了。

當然還是會緊張吧。但應該不至於承受不住沉重的壓力而崩潰。邦彥上了兩年補習班，厲兵秣馬，確實備戰了。

冴子也這麼說：「明天得在神棚供上水酒才行……媽也會去買個楊桐來供神。」

邦彥聽了苦笑。

「天氣預報說後天會下雨或下雪。」美紀說。「該不會下大雪，搞到電車停駛吧？」

邦彥答道。

「沒問題啦。後天應該不會多冷，就算下雨，也只是小雨啦……」

「有備無患。」冴子說。「你要提早去會場。」

「我知道。我不是小孩子了啦……」

龍崎聽著，覺得實在荒謬得可笑，站了起來。

「我要去洗澡睡覺了。」

冴子責怪地說：「你也鼓勵你兒子幾句吧。」

龍崎站著說：「每次邦彥考試你都說一樣的話，但不管做父親的說什麼，會上榜就是會上榜，會落榜就是會落榜。」

冴子輕聲嘆氣。

「你就非得這麼直接嗎……？說句『加油』也好吧？」

「加油。」

聽龍崎突然來的這麼一句，冴子和美紀對望。

龍崎覺得美紀長得愈來愈像冴子了。

「嗯，」邦彥應聲。「我會加油。我覺得這次一定能上榜。」

「不必給自己壓力。只要能發揮八成的實力，就能上榜。你已經充分準備了吧？」

聽到這話，冴子轉嗔為喜。

「沒錯，就是需要這樣的鼓勵。」

龍崎走向浴室。

隔天，公務車來接龍崎時，邦彥似乎已經起床在念書了。今天是正式應考前一天，應該是在進行最後確認。

早上下著小雨。

若說完全不擔心，那是騙人的。但也只能相信邦彥了。

進入大森署的署長室沒多久，堆積如山的公文一如往常送了進來。又得一整天忙著批閱公文了。警務課長齋藤治也跟著公文一起進來，確認當天行程。

龍崎發現齋藤的樣子不太對勁。毛毛躁躁的。龍崎已經開始蓋印章了。他邊蓋章邊問。

「出了什麼事嗎？」

「什麼……？」

「你看起來坐立不安。」

「哦，就是……署長的公子是明天對吧？」

龍崎停手看向齋藤。

「我兒子？你是在說考試的事嗎？」

「啊，是我多事了……」

「我有提到我兒子要考試嗎？」

「每個人都知道署長的公子要考東大……」

「每個人？每個人是指誰？」

「署裡的每個人。所有的幹部都知道。」

龍崎很驚訝。他覺得公務和兒子的考試毫無瓜葛。進入辦公室以後，他的思路就完全切換了。

但部下卻在擔心他兒子考試的事。這就是日本的組織嗎？

「我做好我的工作，我兒子盡好他的本分，只是這樣而已。」

「是，署長說的沒錯。」

齋藤警務課長就要離開署長室。

「啊，等一下。」

龍崎叫住齋藤，齋藤不安地回頭。他是以為要挨罵了嗎？

「謝謝你為我兒子掛心。他說今年應該會考上。」

齋藤警務課長的表情一下子亮了起來。

「屬下告退。」

他行禮之後離開署長室了。

龍崎不是在對齋藤客套，但齋藤為自己的家人擔心，值得感謝。妻子說我是木頭人，但我並非完全不懂人情義理——龍崎這麼想。

接著他埋首批閱了公文一陣子，手機震動，不得不停下手來。也許很快就得買副耳麥，解放雙手才行。

龍崎是認真在考慮的。他想像自己配戴著耳麥，邊講電話邊蓋印章的模樣，忍不住搖搖頭。

電話是伊丹俊太郎打來的。伊丹是警視廳的刑事部長。

「你該不會也是為了我兒子的事打來的吧？」

「你兒子？邦彥又幹了什麼好事嗎？」

看來不是。

「有什麼事？」

「我遇到一件事……」

「什麼事？」

「你記得田切勇作嗎？」

龍崎花了一點時間才想起來。

「記得是小我們三期的……？」

特考組警察官經常異動和調職，所以很難記住長相和名字。

「他辭掉警察廳的工作，現在在國會議員底下當祕書。」

「喔，我聽說過。他是眾議院議員牛丸真造的祕書吧？」

「我剛接到田切的電話。他說牛丸真造失蹤了。」

龍崎皺起眉頭。

牛丸真造是福岡三區的眾議院議員，是執政黨的實力派大將，眾人皆看好他很快就會入閣當官。牛丸經常在電視上露臉，但相貌難說和善。

「通知警視總監了嗎？」

「不，還沒有。」

「眾議院議員失蹤了，這可是大事。有時間打電話給我，更應該立刻通知警視總監吧？」

「我也對田切說了一樣的話，叫他不要打我的手機，快打一一〇報案。」

「這是當然的做法。」

「但田切卻說不想把事情鬧大。」

「是講這種話的時候嗎？田切自己當過警察，連事情輕重都不懂嗎？」

「他說牛丸真造經常搞失蹤，前科累累。」

「搞失蹤……？什麼意思？」

「你知道牛丸這人豪爽不羈吧？他好像厭惡受到束縛。田切說辦公室有時候也會連絡不到他。」

「這種德行，居然能當政治人物……」

「他好像奉行只要做好該做的事就好的信念。說到政治人物，他們經常在東京和選區兩地跑，但牛丸只要想到，就會立刻飛回故鄉福岡。這次也是因為朋友的女兒要結婚，他臨時回去福岡參加婚宴。」

「那個朋友一定是當地的重要樁腳吧。」

「這部分詳情我不清楚。田切說，都過了牛丸老早該回到東京辦公室的時間了，卻遲遲等不到人，也沒有回家。所以他有些擔心……」

「有些擔心？身為政治人物的祕書，這會不會太缺乏危機意識了？」

「他好像吃過幾次苦頭，向警察報案之後，本人就突然冒出來了。這次他應該也覺得八成又是如此吧。」

「有話直說，我很忙。」

「如果是開車從羽田進都心，當然會經過大森署的轄區。」

「所以？」

「可以請你私下查一下牛丸的行蹤嗎？」

「別胡扯了，又不是案子，我怎麼能撥人力去做這種事？」

「還不一定就不是案子啊。」

「這種半吊子的態度會讓周圍無所適從。你是刑事部長吧？要當成案子處理的話，就照規矩來。否則就不要把轄區牽扯進去。」

「賣個人情給田切，你可能也會有好處啊。」
「不可能有什麼好處。我不需要政界的人脈。」
「你將來或許會榮歸警察廳，再次負責替政治人物擬答詢稿。」
「就算是這樣，也沒必要賣人情給政治人物的祕書。我沒時間浪費在談這種事，我要掛了。」
「等一下，我只有你可以依靠了。」
「你老是耍這招。如果他是在羽田機場搭車的，你應該連絡東京機場署，要他們調查才對。」
「我知道，可是如果拜託機場署調查眾議院議員的行蹤，可想而知，一定會引發軒然大波。」
「你覺得找我就不會有事？」
「所以我才會拜託你私下調查啊。」
龍崎嘆了口氣。
「好吧。但我不保證一定能查到議員的下落。」

「查不到也沒關係。只要有私下調查的動作，對田切就交代得過去了。」

「既然你這麼說，我也不必太認真是吧？」

「有查就好。再見——啊，對了，明天就是邦彥的大考日了，我會祈禱他金榜題名。」

電話掛斷了。

果然伊丹也知道？龍崎想著，找來貝沼悅郎副署長。貝沼立刻過來了。

比起警察官，貝沼看起來更像銀行員或飯店人員。是因為他喜怒不形於色嗎？舉止也十分優雅。也許是家教良好。

「署長有何吩咐？」

「剛才刑事部長打電話來。」

「伊丹部長來電……？」

龍崎大致說明電話內容。貝沼皺起眉頭。

「政客祕書無法掌握任性老闆的下落，要我們幫他擦屁股是嗎？」

言詞辛辣，但貝沼的態度舉止卻不會讓人如此感覺。

「唔，就是這樣。或許追查到一半，他就自己連絡辦公室了。」

「不必考慮萬一的情況嗎？」

龍崎停下蓋章的手。

「你是說，議員有可能被捲入犯罪？」

「不能說過去搞過幾次失蹤，這次就一定也是如此。」

龍崎覺得貝沼這話也很有道理。田切和伊丹似乎都認為議員很快就會自己跑出來了，但也有可能不會如此平安落幕。

這種情況，應該以最壞的打算來做安排。龍崎當下如此判斷。

「把刑事課長和警備課長叫來。」

貝沼回答：「瞭解了。」

這回答也很不像警察官。貝沼正準備離開署長室，龍崎叫住他。

「用這裡的電話就好了。要說幾次你才聽得進去？」

「那麼，我不客氣了。」

先過來的是蘆田祐介警備課長。蘆田是所有的課長裡面年紀最大的一個，威嚴獨具，看上去十分可靠。

「請問有什麼事？」

蘆田警備課長交互看著龍崎和貝沼說。貝沼回覆他。

「等刑事課長到了再說。」

接著貝沼又忽然想到似地，開口對龍崎說道。

「是不是也應該把交通課長找來……？」

「就這麼做。」龍崎點點頭。

蘆田警備課長聽到兩人的對話，表情緊繃起來。應該是察覺出了某些大事。三名課長同時被找來，會這麼想也是當然的。

關本良治刑事課長和篠崎豐交通課長幾乎同時進來了。兩人同齡，但關本刑事課長看起來年輕非常多。

其實正式的單位名稱是刑事組織犯罪對策課，但實在太長了，每個人都照舊稱為刑事課。

篠崎交通課長身材肥胖，曬得很黑。

兩人進入署長室後，也和蘆田警備課長一樣，露出困惑的表情。

龍崎說：「把門關上。」

貝沼副署長立刻照做。這句話似乎也讓課長們不安起來。龍崎總是要部下隨時保持門戶開放。公務中沒有隱私，資訊最好暢行無阻。然而向來如此主張的龍崎卻命令把門關上，他們當然會認為有某些非同小可的要事要談。

龍崎把伊丹的要求轉達給三名課長。

三人的反應各不相同，但唯一可以確定的是都很困惑。蘆田警備課長率先發言：「呃……是失蹤嗎？那麼應該視為被捲入犯罪……」

龍崎回應。

「接到電話時，我覺得很可笑。但身為警察，必須設想最糟糕的情況。」

關本刑事課長問道。

「那麼，牛丸真造是搭幾點的飛機抵達羽田的？」

龍崎覺得這很像刑事課長會問的問題。

「我不知道正確時間，只聽說早已過了議員應該抵達辦公室的時間。」

闗本課長更進一步詢問。

「也不清楚他是用什麼樣的交通手段離開機場嗎？」

「不知道。」

「議員不是官員，所以不可能坐政府公務車。一般的話，應該是搭辦公室的車或有司機的私家車……」

「不清楚。牛丸真造似乎是個相當隨興的人，所以也非常有可能搭計程車或包車。」

蘆田警備課長開口。

「如果是閣員或政黨幹事長、總務會長及政務調查會長這『黨三職』，就是警方維安的對象，但牛丸真造不屬於護衛對象呢。」

「可是……」篠崎交通課長邊想邊說。「他應該沒有變裝，所以只要調閱一下監視器和測速照相系統，發現他的可能性很大。」

龍崎問篠崎：「有辦法私底下調閱這些影像嗎？」

篠崎蹙眉。

「要完全不為人知是不可能吧。」

蘆田警備課長說：「要調閱機場的監視器，需要充分的事由。也得顧及機場署的面子……」

「你們三個討論一下，想個適當的理由吧。」

關本刑事課長說：「要完全私下調查嗎？有這個必要嗎？有國會議員失蹤了，正式立案展開偵查，效率更好。」

言之成理。龍崎也對伊丹說了相同意思的話，但現在他變得謹慎起來。

如果有可能被捲入犯罪，就不該偷偷摸摸地查，而是迅速應變。但失蹤案也有敏感的一面，有可能演變成必須向媒體提出報導協定（注：報導協定為日本獨有的制度，主要運用在發生綁架案時，警視廳或各道府縣警向媒體提出。協定期間，媒體不會向大眾報導，但警方必須向媒體公開偵辦狀況）的狀況。

「政治人物只是下落不明，就會被媒體大肆報導。議員辦公室應該就是想要避免這種狀況。暫時必須是不公開的祕密偵查。」

聽龍崎這麼說，蘆田警備課長代表三名課長回答。

「明白。」

龍崎問貝沼副署長：「禮堂有人使用嗎？」

「禮堂嗎？沒有，目前沒有大型活動，也沒有預定……」

於是龍崎吩咐三名課長。

「用講堂吧。需要的器材和人員，和齋藤警務課長討論安排。」

貝沼表情有些驚訝。

「這媲美搜查本部或指揮本部的陣仗了。需要做到這種地步嗎？」

蘆田警備課長也和貝沼一樣驚訝地說：「如果把器材搬進禮堂，召集人手，記者會好奇出了什麼事，蠢蠢欲動。」

「說是祕密會議就行了。設法讓記者不要靠近禮堂。」

龍崎也完全清楚這困難重重。但貝沼的話，一定能使命必達。若是做不到就糟了。

關本刑事課長提議。

「如果要隱密行事，我認為關在更小的房間裡更好。」

「我想按照原則行事。」龍崎回答。

「原則……？」貝沼問。

「有國會議員從機場失蹤了。如果單純地這樣看，警方應該採取什麼樣的措施？」

蘆田警備課長想了一下，回道。

「應該會立刻成立指揮本部。」

關本刑事課長接著說：「若是以有犯罪可能的前提來看，必須立刻發動初步偵查。」

龍崎點點頭。「不管議員祕書怎麼想，也不管過去是什麼情況，議員都在移動期間失聯了，這是事實。我們應該依據這個事實擬定對策。」

此時貝沼又問。

「但伊丹刑事部長似乎沒怎麼當真吧？」

「跟伊丹怎麼想沒有關係。只要議員有可能是在大森署轄內失蹤，就必須依大森署的判斷來處理。」

「瞭解。」貝沼強而有力地點點頭。「媒體那裡，請交給我處理。」

蘆田警備課長眼神嚴肅地說。

「必須進一步瞭解相關事實。議員是搭幾點的班機抵達羽田機場、又是搭什麼交通工具從機場前往都心……？」

龍崎點點頭。

「這些我來問。會馬上通知你。」

「請打我的手機。」

「好。」

三名課長行禮後，離開署長室。

2

龍崎望向完全沒有減少的公文山，嘆了一口氣，打電話給伊丹。

「剛才我忘了問。」

「什麼事？」

「牛丸真造是搭幾點的班機到的？然後是用什麼交通工具前往都心……？啊，不一定是去都心呢，也有可能去了神奈川。我想知道這些細節。」

「怎麼，聽起來像是在認真查案。」

「我是在認真查案。我找來警備課長、刑事課長、交通課長，指示他們偵查。還把禮堂包下來了。」

「喂喂喂……」伊丹傻眼地說。「沒人叫你做到這種地步吧？包下禮堂？你是打算成立搜查本部嗎？」

「有國會議員失蹤了，當然需要這種規模的陣仗。」

「我不是說了嗎？只要賣田切一個人情就好了……」

「既然要賣人情，愈大愈好吧？」

「三個課長都跑去禮堂，記者會好奇出了什麼事。我不是交代你要私下查嗎？」

「這點我自會設法。萬一需要，會要你向媒體申請報導協定，限制報導。」

「報導協定？別鬧了。反正你開始查的時候，牛丸本人八成就會連絡辦公室了。」
「就算是這樣，在水落石出之前，還是要全力以赴。這才是警察的職責。」
「你還是老樣子，腦袋轉不過來。我真同情你的部下。」
「他們並沒有辛苦到需要別人同情。我不想浪費時間，回答我的問題。」
「我也不知道細節，你直接問田切好了。」
「好，告訴我連絡方法。」
「我的天，你真的要打電話給他？」
「當然了。」
「等一下。」
伊丹查了電話，告訴龍崎。
「再見。」
龍崎就要掛電話，伊丹說：「等一下。」
「什麼事？」

「邦彥什麼時候放榜？」

「不知道。」

「你開玩笑吧？」

「不，我真的不知道。考試的人又不是我。」

「不只是你的部下，我也開始同情起你的家人了。然而你家庭圓滿，我卻跟妻子分居，這世界也太沒天理了。」

「我不知道算不算圓滿。」

「夠圓滿了吧？」

「我不擔心家庭，家人也不擔心我的工作。我不知道這能不能說是圓滿。」

「我和我太太彼此在乎，卻怎麼也不順利。」

「是不是就是過度在乎了？」

伊丹沉默了一下，片刻後說道。

「如果和往年一樣，應該是三月十日左右放榜。」

「應該是。」

「通知我結果。」

「比起邦彥，你應該多關心一下牛丸。」

「我才不擔心。他只是一時興起吧。搞不好是偷偷跑去會情婦了。」

「他有情婦？這類情報我也需要。」

「我不知道啦，只是說也有這種可能罷了。」

「那就管好你的嘴巴。有時候一句話會害自己砸了飯碗。」

「說的是。我會注意。」

龍崎掛了電話，立刻打給田切。伊丹告訴他的是手機號碼。

「喂，我是田切……」

語氣訝異。應該是因為來電號碼很陌生。

「我是警視廳大森署署長，龍崎。」

「啊，龍崎署長。久疏問候。」

對方似乎記得他，但龍崎沒什麼印象了。學長學弟或許就是這樣的。龍崎覺得沒留下印象，代表對方並不是什麼出色的警察官。田切早早辭掉警職，改行替政治人物當秘書，或許是做對了。

「伊丹連絡我了。」

「真是抱歉，居然勞煩兩位大我三期的學長，我實在非常過意不去……」

「有幾點我想要確定一下。」

「好的，請說。」

「議員是搭機到了羽田機場對嗎？」

「是的，這一點絕對不會錯。在福岡機場，當地服務處的人確定議員上了飛機……」

「幾點到羽田？」

「JAL八點半抵達的班機。」

龍崎看向時鐘。快十一點了。伊丹來電是十點左右的事嗎？

「他去福岡時，帶著大型行李嗎？」

「什麼……？」

田切似乎不明白這個問題的用意。

「如果行李托運，有時候要三十分鐘左右才能領到行李。但如果只有隨身行李，飛機一落地，馬上就可以去搭車。」

「啊，原來是這樣。議員總是只帶隨身行李。」

「那麼班機八點半抵達，很快就可以搭計程車了。正常來說，九點半前應該就可以到辦公室了。」

「我查過路況資訊了。早晨的車潮還未完全暢通，但高速公路和一般道路都不壅塞。」

「你說高速公路，表示議員在在羽田上車了？」

「辦公室有派車去接……」

「那車子呢……？」

「現在和司機連絡不上。」

「請告訴我車種和車牌號碼。」

「日產FUGA，黑色……」

龍崎記下田切說的車牌號碼，進一步問：

「議員是連同辦公室的車子一起失蹤了？」

「唔，是這樣沒錯，不過……」

田切支吾其詞。

「怎麼了嗎……？」

「或許司機被議員收買了。」

「收買……？」

「以前也發生過一樣的事。議員交代司機暫時替他保密，司機就連電話也不接。辦公室為此雞飛狗跳了一陣，結果後來議員若無其事地出現在辦公室。」

「可以告訴我司機的名字和電話嗎？」

「他叫平井進。電話是……請等一下……」

好像在查看手機連絡資料。片刻後，田切說了號碼，龍崎也記下來。

「那一次議員失蹤了多久？」

「這個嘛……我記得是三小時左右。」

「當時有報警嗎？」

「以前還會報警，但最近不再這麼做了。每次議員突然又冒出來，我都會慶幸沒有驚動警方。」

「那為什麼這次會連絡警方？」

「因為前些日子，我在某場餐會上遇到伊丹學長……因為許久不見，我們聊了很多……學長說有事隨時都可以打電話給他，因此我就恭敬不如從命，打擾他了。」

遇到親近媒體和權力核心的人，伊丹就會變得油腔滑調。這不能說都是壞的。對菁英警官來說，或許是必要的。若是因為這樣，讓伊丹在工作上辦起事來更容易，就不需要批判。

就只是龍崎和伊丹的行事風格不同罷了。

「現在已經十一點多了。目前還是連絡不上議員？」

「連絡不上。」

「我知道了。目前我們正在盡最大的努力追查議員的下落。」

「那個……」田切難以啟齒地說。「沒有被媒體發現吧？」

「目前還沒有……」

「其實我有點後悔找伊丹學長幫忙。因為我覺得再過個一小時，議員就會一副沒事人的樣子，出現在辦公室……麻煩到龍崎學長，我也感到很抱歉。」

「只要發生問題，警方都會盡全力去解決。」

「太不好意思了。」

「如果這麼覺得，就要好好管住自家議員。這是祕書的職責。」

田切似乎語塞了一下。也許是動怒了，或是警察官居然敢對政治人物的祕書說這種訓話般的內容，讓他很吃驚？

一會兒後，他說：「學長教訓的是。」

「然後，既然你也當過警察，對這種狀況就更應該具有危機意識。」

「危機意識……？」

「你應該是不當一回事，認為又是議員一時興起，但過往如此，並不保證這次也是。」

「學長請別嚇人啊。」

「至少這是我的認知。」

「好的，我會繃緊神經。」

只是嘴上說說吧？龍崎想，但沒有說出來。

「那麼，一有任何消息，我會連絡你。」

「麻煩學長了。」

龍崎掛了電話，打給蘆田警備課長。

「喂，我是蘆田。」

「聽說牛丸真造是搭乘JAL八點三十分抵達羽田的班機。福岡服務處的人確定牛丸上了飛機。」

「還沒有連絡上人是嗎？」

「沒錯。聽說辦公室有派車去機場接人。黑色FUGA，車號是……」

「請等一下。」應該是在找便條紙。「請說。」

龍崎說出車號。

「叫關本課長用自動車牌辨識系統。」

「有這個必要嗎？」

「能用的工具就盡量利用。系統就是為了被利用而存在的。」

「我明白了。」

龍崎說出司機的姓名和電話後，又補上一句。

「聽說這名司機以前協助過牛丸真造搞失蹤。」

「平井進是吧？明白。」

「那邊情況怎麼樣？」

「我們沒有設室內電話。拉電話線會被記者注意到。而且目前用手機連絡就足夠了……電腦我們搬進各自的筆電。目前是用講習會當做召集署員的藉口。」

「講習會啊……很高招。」

「如果署長能在開場時致詞，就更像一回事了……」

「有必要做到這種程度嗎？」

「儀式是必要的。開場儀式結束後，就說講習內容是機密，請媒體離場。」

「如果必要，我會出席。」
「麻煩署長了。」
「你打算召集多少人？」
「從各課調來若干名人手，總共十名左右吧。」
「十個人左右的講習會？」
「並非沒有前例喔。」
「唔，也是……」
這時無線電響起。是警視廳本部的通訊指令中心。
「那麼，就交給你了。」
龍崎掛斷電話，聆聽無線電內容。
無線電通知接到路邊有可疑車輛的通報。
現場是大森南五丁目，在大森署轄內。如果只是一般的可疑車輛，交給地域課處理就行了，但車種引起了龍崎的注意。
通報說是黑色轎車。

龍崎打電話給關本刑事課長。

「你聽到無線電了嗎？」

「聽到了，黑色轎車，很令人好奇呢。」

「一般來說，這該交給地域課處理，但我認為派調查員到場比較好。」

「好的，我立刻派人。」

若有任何狀況，應該立刻就會有通知。龍崎這麼想，繼續處理公文。

貝沼副署長到署長室來了。

「有不好的預感呢。」

龍崎抬頭。

「預感？這不是警察該說的話。應該搭乘黑色轎車返回辦公室的國會議員音訊全無，然後現在發現一輛可疑黑色轎車被棄置在路邊。要是認為這兩件事無關，最好別幹警察了。」

「居然是在大森署轄內……」

「大森署轄區在連接都心和羽田機場的位置，這原本就是有可能的狀況。」

「署長太了不起了。」

「哪裡了不起？」

「不管遇上任何狀況，署長總能處變不驚。」

「我有太多事情要想，沒空驚慌失措。」

龍崎繼續蓋印章，但貝沼沒有離開。他在等待消息進來。

龍崎的手機震動了。

「我是龍崎。」

「我是關本。到場的調查員有報告進來了。」

「是什麼狀況……？」

「該車確實是牛丸真造辦公室的車。」

「果然……」

「車子裡找到鹹魚了。」

鹹魚是屍體的行話。龍崎忍不住咬緊了牙關。

3

龍崎指示關本刑事課長火速確認遺體身分後，掛了電話。

「發現屍體嗎……？」

還在署長室的貝沼問道。

「對，在牛丸議員辦公室的車裡發現的。」

「希望不會是議員本人……」

「說這種話也沒用。」

無暇猶豫或沉思。龍崎立刻打電話給伊丹。

「我正在開會，晚點回電給你。」

伊丹就要掛電話，龍崎逕自說下去。

「找到牛丸議員辦公室的車子了。車中發現一具屍體。」

「等一下……」

龍崎就這樣在線上等了好一會兒。伊丹應該是離開會議室了。

「找到議員的車了？地點在哪裡？」

伊丹的聲音再次傳來。龍崎回應。

「大森南五丁目。」

「那是哪一帶？」

龍崎望向牆上的大森署轄區地圖，進行確認。

「在昭和島對岸。多半是工廠、倉庫和物流中心，也有一些民宅。」

「車子怎麼會在那種地方……」

「詳情正在調查。但這下沒辦法再私下調查了。」

伊丹低吟。

「既然發現了屍體，那也沒辦法……總不會是牛丸本人的屍體吧？」

「還沒有確定，但可能性不大吧。」

「怎麼說？」

「牛丸真造算是個名人，如果是牛丸本人，發現屍體的人員應該會向無線電中心這麼回報。」

「不是議員的話，會是誰的屍體？」

「司機吧。名叫平井進。」

「那牛丸真造呢？找到他人在哪裡了嗎？」

「我沒有接到任何報告，表示尚未掌握他的下落吧。」

伊丹沉默了片刻。

「司機死亡，牛丸本人下落不明……」

「不是悠哉地說什麼要私下調查的時候了。」

「我知道。但如果是綁架，更不能讓消息走漏出去……」

「媒體控管交給你。」

「大森署那裡沒問題嗎？立刻下達封口令。」

「我知道。」

「你說你已經包下禮堂，讓警備、刑事、交通課長在那裡待命是吧？」

「沒錯，以講習會為名目，從各課調來了若干名人手。」

「完全就是預見到這樣的狀況，我對你真是五體投地。」

「我當然也考慮到這種狀況了。這是警察官的職責。」

「我從本部派命案班和特殊班過去。我也立刻過去。」

「你一來，記者會緊張發生了什麼事。」

「應該已經有記者打聽到發現屍體的事了。用不了多久，丟在路邊的車屬於牛丸辦公室這件事就會眾人皆知。就像你說的，已經不是搞什麼私下調查的時候了。」

說到這裡，伊丹暫時打住，又說：「這麼說來，你先前提到報導協定。當時我完全沒料到會演變成這種狀況，沒想到居然成真了。」

「當然應該要列入考慮。」

「我真是甘拜下風。總之，我會要各家媒體三緘其口。至於是否要正式提出報導協定，看情況決定。」

「這未免太悠哉了。」

「你說什麼？」

「以那種態度行事，到時候會反應不過來。等消息洩漏出去就太遲了。」

「也是。你以前在長官官房也負責媒體公關嘛。我知道了。媒體那邊，我會嚴格指示保密。」

「我去現場看看。」

「有必要你這個署長親自出馬嗎？」

聽到這話，龍崎想了一下。

為何我會想要去現場？管理階層沒必要前往第一線。其他非辦不可的事仍堆積如山。平時自己總是抱持這樣的想法。

「我覺得去看一下比較好。」龍崎回應。

「你覺得？這說法太含糊了，一點都不像你。」

「有眾議院議員失蹤。現場有可能陷入混亂。我認為應該由我親自指揮。」

說得煞有介事，但這也只是個說法罷了，實際上根本沒有什麼理由，只是這次他想去現場看看而已。也許是一種預感。

「好。總之我會派命案班和特殊班過去。處理好媒體公關那邊，我會立刻趕過去。」

「好。」

龍崎掛斷電話，對貝沼說：「感覺會成立大規模的指揮本部。除了調查命案以外，還要追查議員的下落。」

「那麼，已經不需要講習會的名目了呢。」

「改為正式的指揮本部吧。警視廳本部說要派重案組和SIT過來。」

「那必須加派人力才行。會是多大的規模？」

「兩百人吧。光靠大森署自己實在應付不來。只能連絡方面本部，請鄰近警署支援。」

「好的。這些我會處理。」

「最重要的一點是，嚴格交代媒體，千萬不能報導出去。」

「我明白，請交給我。」

副署長的辦公桌在署長室入口旁邊，處理媒體公關。龍崎判斷交給貝沼絕不會有差錯。

「我去現場看看。」

貝沼驚訝地看向龍崎。

「署長要去現場嗎？」

「有些地方應該會需要我的定奪。」

「我叫公務車到門口等。」

「不，我不太想被媒體看到。我去停車場。」

「好的。」

得連絡田切才行吧。龍崎撥打手機。

「喂，我是田切。」

「我是龍崎。」

龍崎報告發現屍體的事，田切啞口無言，片刻之後才說道。

「我這邊也會確認一下。」

「麻煩了。」

龍崎掛了電話。

他站起來準備外出。今天以這個季節而言算是溫暖的，但現場應該還是需要大衣吧。

龍崎抓起巴爾瑪肯大衣，離開署長室。

貝沼則回到出口旁的副署長席，開始進行各種安排。

現場是水資源再生中心旁邊的巷子。巷子對面看來是倉庫。盡頭處可以看見高速公路，下方似乎是運河。

黑色FUGA周圍停著偵防車、鑑識車、警車等等。龍崎的公務車一靠近，調查員和鑑識人員便紛紛訝異地轉頭看過來。

龍崎下車，人員當場立正行禮。其中只有一個人沒有立正。

是大森署刑事課重案組的戶高善信。他只是虛應故事地點了點頭。龍崎走近戶高問：「屍體已經移走了嗎？」

「對，因為顯然是他殺……」

「手法呢？」

「用刀子朝喉嚨一刀……簡直就像外國殺手的手法。」

戶高這話並沒有錯。日本人在使用刀刃行凶時，多半傾向於刺殺。以刀子割斷咽喉，是阿拉伯的恐怖組織或南非犯罪組織成員的慣用手法。

「被害者的身分呢？」

「尚未確認。」

「從身上物品查不出來嗎？」

「死者身上沒有錢包……應該是被偷走了。錢包裡應該有駕照或信用卡這類可以確認身分的物品……」

「你們連絡牛丸真造的辦公室了吧？請他們把司機平井進的照片傳到手機什麼的就行了。」

「應該已經安排了吧？這些事還請不要問我們這種末端小刑警，去問係長啦。」

龍崎從善如流。他走近重案組的小松茂係長問道。

「戶高說死者身分尚未查出，真的嗎？」

小松係長一臉緊張地回應。

「剛才收到牛丸議員辦公室傳來的照片，確定相貌了。死者就是司機平井進沒錯。」

他似乎沒想到署長會親臨現場。

死者果然是司機嗎？

龍崎點點頭，接著探頭看黑色FUGA車內。

副駕駛座車椅上整個都是血。血量驚人。龍崎又問小松。

「他是司機，怎麼會死在副駕駛座？」

「發現時，屍體就在副駕駛座。換句話說，是別人開車過來這裡的。」

龍崎東張西望。

「怎麼會跑來這種地方呢？」

「有幾個可能。或許是在羽田遭到攻擊，被載到這裡來。或是……」小松指著FUGA的引擎室說：「請署長看正面。」

龍崎繞到車子正面。保險桿和前格柵有一部分變形了。

「像是追撞呢……」

龍崎說，小松點點頭。

「是的。是剛造成的損傷。換言之，或許是因為這樣被帶走的。」

「你是說，這輛車追撞了歹徒的車？」

「是的。發生衝撞，雙方當然會停車，以釐清肇事責任。」

「也就是說，這是一場精心設計的車禍。」

「開在車子前方不遠處，突然踩煞車的話，後續車輛當然會撞上來。」

「追撞的一方當然不得不停車……」

「是的。到時候看是用恐嚇還是來硬的，連車把人帶走……」

「平井進遭到殺害，是為了滅口嗎……？」

龍崎瞥了一眼血淋淋的副駕駛座。

「是啊。歹徒們有可能被看到相貌，所以把他收拾掉了。」

「你說歹徒們，表示不只一人？」

「我認為歹徒當然不只一人。被害者這邊至少有兩個人，一個被帶走，一個被殺害……」

龍崎思考。確實，單獨犯案或許頗為困難。但不能妄下論斷。

「在得到歹徒不只一人的確證之前，要避免這種說法。有可能造成成見。」

小松原想反駁，但似乎在開口前轉念，只這麼說。

「我明白了。」

他應該確信有多名歹徒。確實，殺害司機，帶走眾議院議員，單獨犯案或許難以做到。

但第一要務是進行確認。

「一個人也有辦法喔。」

龍崎回望聲音的方向。是戶高。他正看著不相干的方向。還是老樣子，態度難以嘉許。龍崎問道。

「哦？你的意見跟係長不同？」

「不，這是可能性的問題。當然，不只一人的可能性是比較高啦……」

小松係長不悅地問戶高。

「一個人是要怎麼抓走兩個人？」

戶高懶散地回道：「所以我就說可能性不大啦。但也並非不可能。關鍵在於殺害司機的時機呢。」

「怎麼說？」龍崎問。

「只要早點幹掉司機，剩下的一個自然就會乖乖聽話了。畢竟都嚇破膽了。考慮到車子是歹徒開過來的……」

「但是這種情況……」龍崎說。「歹徒原本開的車呢？」

「留在車禍現場吧。」

龍崎問小松係長。

「有人在查這件事嗎？」

「不，還沒有……」小松有些著了慌。

龍崎掏出手機，打給交通課長。

「是。」

篠崎交通課長立刻接了電話。

「可能有車子發生追撞事故後，就這樣留置在原地。幫我查一下。」

「追撞事故……？什麼時候的事？」

「應該是八點半到九點半之間。」

「我立刻調查，再回電給署長。」

「拜託了。」

小松的表情彷彿自己捅了什麼婁子。龍崎認為這不該歸咎於他。

思考是有次序的。小松首先要思考的，是眼前的屍體才對。

龍崎對小松說：「是否有這樣的車子，我會確認。」

戶高又補上一句。

「要是找到這樣的車子，表示歹徒很有可能是單獨犯案，對吧？」

龍崎想了一下。

「照道理說是這樣，但還不能斷定。」

戶高聳了聳肩。龍崎不曉得他這動作是什麼意思。

手機震動了。是篠崎交通課長打來的。

「確實有這樣的可疑車輛。」

「車子丟在哪裡？」
「首都高灣岸線。車子停在路肩，駕駛不見蹤影。地點是京濱島一丁目……上行車道。」
「上行？也就是從羽田機場前往都心的車道是吧？」
「是的。」
「距離羽田多遠？」
「距離航廈約三公里處。雖然也要看當時的車流量，不過開車應該只要幾分鐘。就在剛離開海底隧道的地方。」
「那麼，那輛車子呢？」
「那裡是高速公路，所以是高速隊的地盤。應該被拖吊到分駐所還是哪裡的停車場了。」
「查一下那輛車子的去向，扣押下來。」
「大森署要扣押高速隊吊走的車嗎……？」篠崎課長一臉驚訝。
高速隊——即高速公路交通警察隊，隸屬於警視廳本部。這等於是叫本部把手裡的車交給轄區警署。篠崎課長在擔憂這不合規矩。

龍崎回道。

「不是大森署，是指揮本部要扣押。指揮本部長是警視廳的刑事部長，沒有問題。」

「我明白了。」

龍崎掛了電話，四下張望。他覺得不太對勁。怎麼會呢？思忖片刻，他察覺理由。

這一帶交通不便，附近沒有電車車站。雖然有單軌電車經過周邊，但要到昭和島才有車站。

空計程車不可能繞過來這種地方，歹徒到底是怎麼把議員從這裡帶走的？不，就算附近有電車或單軌電車車站，也不可能使用那類公共交通工具。不管是單獨犯案還是多人犯案，若是帶著牛丸，無可避免會引起注意。

兇手一刀割斷平井進的咽喉，身上應該也濺到了可觀的鮮血。需要車子。高速公路上的車，極有可能是歹徒的。

若是如此，歹徒就是把車丟在那裡了。

歹徒準備了另一台車嗎？總覺得這也很不自然。

這樣的疑問，就是讓他感覺古怪的源頭。被丟下的兩輛車。這代表了什麼意義？

但材料還太少，不足以導出答案。只能等待偵查有所發現。

龍崎對小松係長說。

「我要回去署裡了。無論如何都要查出牛丸議員的下落。」

「好的。」

小松的回答強而有力。

4

中午過後，龍崎回到署裡。雖然沒有食欲，但想到指揮本部即將成立，還是趁現在吃點什麼比較好。

叫外送吧。他這麼想，前往署長室，發現門旁的副署長座位圍出了人牆。是記者。

他聽到貝沼副署長的聲音。

「所以說，指揮本部成立以後，刑事部長應該會召開記者會，請等到那時候吧。」

一名記者問：「我聽到無線電了，被丟在路邊的車子裡發現一具屍體，對吧？我們想知道詳情。」

警察署的一樓，有一處地方整天播放著無線電，隨時一定都有記者守在那附近，偷聽無線電內容。

貝沼回應。

「現在還不能說什麼。要等到查明相關事證後才能公布消息。」

另一名記者問：「副署長剛才說指揮本部，但如果是命案的話，應該是成立搜查本部或特搜本部吧？」

貝沼不慌不忙。

「嗯？我有說指揮本部嗎？簡而言之，就是要設帳房。」

「既然要設帳房，表示有命案發生嗎？」又一名記者問道。

「請等部長的記者會。我可不想隨便亂說，惹來處分。」

第一個發問的記者接著說道。

「在大森南五丁目找到的車子裡面發現一具屍體，警視廳搜查一課和大森署正朝他殺方向偵辦──我們可以這樣解讀嗎？」

「我是請你們先不要報導。連署裡都還沒有掌握詳細狀況。」

「報導是我們記者的工作。我們要發出第一波報導了。」

「小心操之過急而搞烏龍。」

「所以我們才在向副署長確認啊。」

「不管你們怎麼說，我都不會再透露更多了。」

「我們會把目前掌握到的確實消息報導出來。」

「我覺得最好不要。」

龍崎在人牆附近聆聽這段對話。貝沼和龍崎對上眼，但沒有說什麼。記者們還沒有發現龍崎在那裡。

對記者的問題打太極也有個極限。龍崎判斷無法再迴避下去了。

「有不能報導的理由。」

龍崎一開口，記者們全都轉過頭來。

從剛才就主導提問的記者問：「署長，您說的理由是什麼？」

「你是……？」

當然，龍崎看過對方，但想不出名字。

「我是《東日新聞》的下條。」

想起來了，是下條陽介。記得他才剛滿四十。警察線多半傾向由年輕記者負責，因此下條在跑大森署的記者當中算是年長的。

龍崎壓低了音量。

「找到的車子是某位眾議院議員辦公室的車。遇害的是司機。」

記者們全都開始筆記。貝沼一臉驚訝地看著龍崎。

下條發問：「那位眾議院議員是誰？」

「刑事部長應該很快就會公布，不能由我說出來。」

另一名記者搶著說。

「署長和伊丹部長交情這麼深，就算由署長宣布也不成問題吧？」

龍崎看向那名記者。

「我和刑事部長是什麼交情，在這個情況沒有關係。不同的身分，可以處理的情報也不同。」

那名記者一臉掃興。下條更進一步提問。

「署長說遇害的是司機，那麼命案當時，那名眾議院議員在車上嗎？」

龍崎把聲音壓得更低了。

「我說的理由就是這個。該名議員應該從羽田機場上車了，然而司機遇害，議員目前下落不明。」

記者們的表情都嚴肅起來。他們似乎察覺了事態的嚴重性。壓低音調，能夠營造出傳達重要訊息的氛圍。是對媒體的一種表演。

龍崎待在警察廳的長官官房時，學到了這些技巧。

下條說：「是綁架嗎？」

「目前警方朝這個方向偵辦，但詳情還不清楚。」

另一名記者喃喃道：「確實，如果是綁架案，為何不是成立特搜本部或搜查本部，而是成立指揮本部，也可以理解了……」

龍崎說道。

「所以我希望各位記者也以相同的前提行事。各位瞭解我的意思吧？」

下條以探詢的表情問。

「也就是要提出報導協定嗎？」

「針對此事，刑事部長應該會有說明。也許各位的總公司也已經接到配合的要求或請求。」

有幾名記者掏出手機連絡。

龍崎接著說。

「因此我強烈希望各位可以暫緩報導。」

大半記者似乎都接受了。不，即使不接受，由於茲事體大，他們也認為無可奈何吧。

但也有記者不肯放棄。就像是下條。

「國民有知的權利，我們有報導的義務。歹徒尚未提出具體要求對吧？既然如此，就算報導也沒關係吧？」

「我尊重知的權利。但如果因為揭露此事，使人命曝露在危機當中，我無法容忍。」

「使人命曝露在危機當中……？」

龍崎點點頭。

「沒錯。你報導此事，有可能導致眾議院議員遇害，這個責任你扛得起嗎？如果你覺得扛得起的話，就請報導吧。」

下條似乎啞口無言。這時，其他記者開口。

「刑事部長向總公司要求暫不報導。」

聽到這話，下條說：「既然是刑事部長的要求，也只好聽從了……」

看來他順利找到台階下了。

龍崎沒什麼可以跟記者說的了，因此前往署長室。他在門口停步，對著貝沼說：「你吃過午飯了嗎？」

「不，還沒有。」

「我想叫外送。」

「那我也一起叫好了。署長要點什麼？」

不想吃太油膩的東西。

「天婦羅蕎麥麵好了。」

公文幾乎尚未處理。龍崎匆匆用完午飯，暫時埋首蓋印章。

下午兩點半左右，齋藤警務課長過來報告。

「方面本部的野間崎管理官來了。」

話聲未落，野間崎政嗣管理官便大步走進署長室。他是五十一歲的非特考組警視。

頭髮梳得一絲不苟，近乎神經質。西裝穿在他身上，就像制服一樣自然。

「這到底是怎麼一回事？請署長說明。」

自從得知龍崎是大他兩級的警視長，又是刑事部長自小認識的朋友後，野間崎便不敢再上門吼人了。但那高壓的態度依舊如昔。

「管理官是問牛丸真造的事嗎？」

「除此之外，還有什麼事？」

「大森署手上有許多案子啊。請看看這堆積如山的卷宗。」

「聽說要成立指揮本部？警視廳要派重案組和特殊犯搜查班過來。」

「刑事部長這麼說呢。」

「案發時間是什麼時候？」

「應該是上午八點半到九點半之間。」

「方面本部十一點多才接到通知。為什麼不快點報告上來？」

「因為那個時間才找到車子。」

「車子……？」

「牛丸真造搭乘上午八點半落地的飛機抵達羽田機場，接著乘坐辦公室的車前往都心。那輛車是在上午十一點多找到的……車中發現一具他殺男屍。」

野間崎管理官瞪圓了眼睛。

「那具男屍難道是……？」

「已經查證是司機平井進。」

「確定不是牛丸真造？」

野間崎的表情鬆了一口氣。這反應對平井進和他的家屬實在不敬，但這就是現實吧。如果遇害的是眾議院議員，媒體矚目的程度天差地遠，警方的應對也會不同。

野間崎接著說：「那議員呢……？」

「下落不明。我們認為是被殺害司機平井進的歹徒帶走了。」

「綁架嗎……？所以才要成立指揮本部。歹徒有連絡嗎？」

「目前還沒有。」

「這是政治人物遭到綁架，應該是出於政治方面的動機。」

這話讓龍崎吃了一驚，盯著野間崎看。

「怎麼了？我這話有什麼奇怪的嗎？」野間崎訝異地說道。

「出於政治方面的動機？過去有任何一個眾議院議員因為政治理由而遭到綁架或殺害嗎？」

野間崎沉思起來。

「我印象中沒有。」

「考慮到現今的日本政治體系，即使綁架眾議院議員，也無法造成任何影響。若有什麼政治理由，那都是基於革命思想，或是對現行政權的批判。這些都是政治尚不成熟的國家常見的現象。但日本是成熟的法治國家。即使綁架一名眾議院議員，也無法有任何改變。」

野間崎的表情比來時更不悅了。

「我知道跟你爭論也辯不贏。現在沒空討論那些。」

是你起的頭吧？龍崎這麼想，但沒有說出口。

「或許你會覺得礙眼，但討論的時候，請容我繼續處理公文。」

野間崎板起臉來。

「會這樣做的署長，全國就只有你一個。」

「全國只有我一個？你並沒有真的查證過吧。或許也有其他署長這麼做。」

野間崎不理這話，逕自說道。

「我聽說是兩百人規模。光大森署應付不來吧？」

「沒錯。」

「向鄰近署請求支援吧。本部已經布置好了嗎？」

「我們很早就保留禮堂，那邊應該已經布置妥當了。」

野間崎點了一下頭，忽然訝異地皺起眉頭。

「很早就保留禮堂……？怎麼會？」

龍崎尋思了數秒，說道。

「或許遲早都會曝光，趁現在先說明或許比較好。」

野間崎的表情更詫異了。

「被你這麼一說，總覺得害怕聽到內容了。」

「上午十點左右，刑事部長來電，說牛丸真造的辦公室有一名小我們三期的學弟，現在在當議員祕書。他因為議員下落不明，向刑事部長求助。」

「求助……？議員下落不明，不是報警，卻是找刑事部長個人求助？」

「牛丸真造好像經常鬧失蹤。他似乎平日行動就十分隨興。據說以前曾經有好幾次報警之後人就出現的經驗，搞得很糗。」

「那刑事部長說什麼……？」

「部長要求我們私下找人。」

「私下找人……？」

「議員辦公室應該不想被媒體發現。刑事部長說，可以賣個人情給祕書就夠了，不必太認真。但我認為應該遵從原則。」

「原則？」

「當接到國會議員失蹤的消息時，警方該如何行動的原則。」

「很像你會說的話。所以你要求保留禮堂嗎？」

「我保留禮堂，讓警備、刑事、交通課長守在那裡，並從各課派出若干名調查員。」

「這不能說是遵守刑事部長的指示呢。」

「不管部長的指示是什麼，我都會採取我認為正確的措施。」

「這意思是部長的指示不正確……？」

「你說誰的指示不正確？」

門口傳來聲音。

是伊丹。野間崎發現，立刻立正。龍崎依然坐在位置上，繼續蓋印章。

伊丹眼角餘光掃著野間崎，走到會客沙發處，大馬金刀地坐下後，對龍崎說：「本部的搜查本部人員到了。課長也來了。管理官有兩名。」

龍崎問伊丹。

「我估計是兩百人規模，可以嗎？」

「你估的沒錯。」

「兩百人規模，但管理官只有兩名，不會太少嗎？」

「到處都人力吃緊。我是期待那邊那位方面本部的管理官能夠參加指揮本部，大展長才……」

伊丹瞄了野間崎一眼。野間崎的表情更緊張了。

龍崎開口。

「不用期待，直接命令就好了。你的身分就該這麼做吧？」

「我這人很民主的，不想強制別人。」

「不是說笑的時候吧？」

「你才是，不是坐在那裡蓋印章的時候吧？」

野間崎滿臉驚惶地聽著兩人對話。他完全成了局外人。

龍崎說：「指揮本部的布置應該正在順利進行。我也聽說你要求媒體暫緩報導了。現在我應該第一優先處理的，就是公文。」

「你要離開座位跟我一起去指揮本部。第一次搜查會議馬上就要開始了。」

龍崎感到驚訝。

「本部還沒有布置妥當。我正在請第二方面本部召集人手。」

「重案班和特殊班已經動起來了。你們的署員也已經集合了。」

看來三名課長俐落地處理妥當了。

龍崎對野間崎管理官說道。
「你也看到了，從鄰近警署調度人力的任務就交給你了。」
野間崎一臉呆愣地應道。
「好的……」
伊丹也對野間崎說。
「還有，叫你參加指揮本部不是說笑。管理官不夠。」
「我先回去方面本部，處理完調度人力的程序……」
「那些打電話就可以處理了。你跟我們一起來。」
部長的話無法違抗。野間崎應道。
「好的……」
這時，副署長貝沼進來了。表情難得緊張萬分，龍崎問他。
「怎麼了？」
「通訊指令本部緊急連絡，有自稱歹徒的男子來電。」
伊丹看向龍崎。龍崎立刻回答。

「轉接到指揮本部，叫SIT接電話。」

龍崎起身走向門口。伊丹和野間崎緊跟在後。

三人就這樣前往指揮本部。

5

趕到正在進行指揮本部布置工作的禮堂時，特殊犯搜查班的調查員已經接起電話了。

龍崎認得那名調查員。是以前大森署轄內發生挾持及槍擊事件時出動的特二係長，記得名叫下平榮介。特二的正式名稱，是第一特殊犯搜查第二係。

龍崎、伊丹及野間崎進入禮堂，所有調查員皆起立立正，只有下平一個人專心接電話。

這才是SIT，龍崎心想。如果重視警察內部的上下階級更勝於應付歹徒，實在無法肩負起特殊案件的責任。

田端搜查一課長走下高台，來到龍崎等人近處。伊丹問田端課長。

「狀況如何？」

「自稱歹徒的男子似乎是用固網電話打來的。目前正在進行反偵測，好像是用公共電話打來的。」

「一開始是警視廳本部的通訊指令中心接聽的吧？」

「據說對方打來問牛丸真造的案子是哪個單位負責。我們依照龍崎署長的指示，告知指揮本部這裡的電話號碼。」

「然後他就乖乖打來了？」

「也許是為了讓我們明白那不是惡作劇。」

下平係長放下了話筒。

田端課長大聲問。

「反偵測結果呢？」

另一名接電話的調查員回應。

「沒辦法追查到末端，只知道是從神奈川縣某處打來的。」

伊丹皺眉。

「神奈川縣……？」

龍崎對伊丹說道。

「歹徒把車丟在大森南五丁目，接下來以某些方法前往神奈川縣了吧。」

伊丹向龍崎點點頭，轉向下平係長問道。

「對方說什麼？」

「他問為什麼案子還沒有上新聞。」

「你怎麼回？」

「我說綁匪可能會提出某些要求，因此請各家媒體暫緩報導。」

「然後呢……？」

「對方要求不用管太多，叫媒體報導牛丸真造被綁架了。」

「確定是歹徒沒錯吧？」

下平點點頭。

「消息尚未公開，對方卻知道議員被帶走，我想來電者就是歹徒不會錯。」

「他有提出什麼要求嗎？」

「目前還沒有。只要求報導……」

伊丹對龍崎說：「你覺得呢？」

「在乎媒體，是劇場型犯罪的特徵。」

「那樣的話，應該會有更明確的犯罪聲明才對。」

「也許丟棄的車輛和司機的遺體，就是犯罪聲明。」

「車輛和司機？」

「那是眾議院議員的辦公室用車和司機，一定會引發社會嘩然。殺害司機的手法也很震撼。媒體一定會給兇手起個聳動的名號。」

「得請神奈川縣警協助才行……」

「除非那裡出了事，否則他們不會行動吧。通知他們警視廳要派調查員過去應該就好了。」

龍崎對車子耿耿於懷。歹徒在高速公路和大森南五丁目各拋下一台車，他是怎麼移動到神奈川縣的？

龍崎問篠崎交通課長。

「丟在高速公路的車怎麼了？」

「已經安排調查員前往高速隊的分駐所了。」

伊丹問龍崎。

「這是在說什麼？」

龍崎扼要說明。聽龍崎說完後，伊丹再問。

「是製造假車禍，逼議員停車嗎……？」

「接著歹徒帶走司機和議員，並殺害司機。我們署的重案組係長說從經緯來看，歹徒可能不只一人。」

伊丹沉思。

「會嗎？如果歹徒不只一人，應該就不會把車丟在原地吧？這樣會留下更多線索。」

這個指摘讓龍崎沉思了一下。

確實，如果有三人以上，就可以帶走司機平井和牛丸議員，分頭駕駛兩台車。但如果歹徒是兩人的話呢？

會一人開一台車。

龍崎對伊丹說：「如果歹徒有兩人，就必須一人開一台車。也許他們認為這樣無法帶走兩人。換句話說，一個人開車，最少還需要一個人監控兩名被害者。」

伊丹的眉頭鎖了起來。似乎是龍崎的說明不容易理解。龍崎補充。

「換句話說，除非有三人以上，否則沒辦法把兩台車都從假車禍的現場開走。」

「那麼，歹徒有兩個？」

伊丹問，龍崎認為這應該要謹慎評估。

「我叫重案組的人不要提到歹徒人數。關於人數，我們還沒有任何線索。任意揣測，有可能預設立場。」

「但你也認為歹徒不只一人吧？」

「有人提出孤鳥也有可能犯案。」

「哦……？」

「那名調查員說，如果歹徒立刻殺害平井，造成的衝擊和恐懼，應該可以讓牛丸議員乖乖聽話。」

「確實如此……這個說法也吻合狀況。高速公路上留下歹徒開來的車。然後平井遇害，只有議員下落不明。」

「問題是歹徒為何把車丟在大森南五丁目——歹徒是從神奈川縣打電話來的。這表示他先從羽田前往東京，再轉換方向，前往神奈川。這是為什麼？又是如何移動的？」

「會不會是預先在那裡準備了別的車？」

「與其這麼做，直接開議員的車移動就好了。」

「應該是認為車子立刻就會被通緝吧？畢竟是議員辦公室的車。車上有屍體，副駕駛座又是一片血淋淋，應該是想避免被人目擊吧？」

龍崎思考。但他立刻搖了搖頭。

「不，任意猜測有可能帶來成見。或許有其他理由。現在與其胡亂猜想，更應該累積事實。目前已經查明的事實，是歹徒帶著牛丸議員，從大森南五丁目消失了；車子被丟在京濱島一丁目的高速公路上；然後歹徒從神奈川縣內打電話來。就這三點。」

不知不覺間，包括野間崎在內的三名管理官都聚集在龍崎、伊丹和田端課長附近。伊丹注意到，對龍崎說。

「坐下來吧。也必須和管理官分享資訊才行。」

伊丹在設於高台的幹部席中央坐下。龍崎坐到左邊，田端搜查一課長坐在右邊。

三名管理官移動到幹部席前面。這時篠崎交通課長前來，對龍崎說道。

「被丟在首都高灣岸線上的車是租的。已經查出業者，派調查員趕去了。」

一名管理官接著說。

「租車的話，或許可以查出租車者。因為租車時一定都會查看駕照。」

聽到這話，野間崎的語氣有點不耐煩地說道。

「這可難說。不一定就能查到身分。」

先發言的管理官看向野間崎，說：「什麼意思？」

「從截至目前的狀況聽來，歹徒租車，從一開始就打算棄車逃逸。換句話說，早有縝密的計畫。這樣一個歹徒，有可能用真正的駕照去租車嗎？」

「你是說，那是假駕照？」

「或是付錢派別人去租車。」

「確實如此……對了，你是……？」

伊丹回應了這個問題。

「他是第二方面本部的野間崎管理官。」接著又轉向野間崎說。「你在說話的對象，是搜查一課第三重案搜查的池谷管理官。」

兩人交換形式性的目光致意。伊丹接著介紹。

「至於這位則是第一特殊犯搜查係的加賀管理官。」

加賀管理官對野間崎投以銳利的眼神說道。

「我認為你的推論正確。」

警察官做久了，眼神幾乎都會變得凌厲。在這當中，加賀的眼神也格外令人印象深刻。

龍崎也認為野間崎的推測應該不錯。原來他並非光會說些死腦筋的話，也會有正常的言論。龍崎對野間崎有了新的看法。

伊丹開口。

「這一點很快就可以查證了。」

如同伊丹所說，去詢問租車業者的調查員很快就回報篠崎交通課長了。

伊丹對接聽電話的大森署調查員說道。

「省事一點，直接在這裡告訴大家結果吧。」

那名調查員一臉緊張地報告。

「同仁查證該租車業者手上的駕照記錄，發現住址、姓名都是假的。同仁已經拿到照片影本了，會發給第一線調查員。」

這名調查員應該從來沒有直接向刑事部長報告過，也難怪他會緊張兮兮。對轄區調查員來說，刑事部長是高不可攀的存在。

伊丹點點頭說：「果然是假駕照。被野間崎管理官說中了……不過弄到照片，算是個好消息。」

「這可難說。」龍崎說。「租車的不一定是歹徒本人。」

「有可能是派人去租的……？這也納入考慮吧。」

龍崎問篠崎交通課長。

「現在在調查車子的是刑事課嗎？還是交通課？」

「我們是請交通鑑識過去。因為刑事課的重案和鑑識人員去大森南五丁目的現場了……」

龍崎點點頭。

「租車行那邊或許撲了個空，但車子一定會有線索。要徹底調查。」

「明白。」

接著龍崎轉向伊丹說：「既然成立正式的指揮本部，就不需要我們的交通課長和警備課長了吧？」

「管理官不夠。我希望大森署的各位課長在管理官席整理資訊。」

「說什麼蠢話，少了三個課長，轄區警署就不用運作了。」

「指揮本部是第一優先。」

龍崎正想進一步反駁，但伊丹不理他，轉向野間崎。

「要求鄰近警署支援一事，要快點處理。」

野間崎頓時一臉緊張地回應。

「好的。」

接下來管理官和篠崎交通課長前往被稱為管理官席的辦公桌區了。窗邊的桌子已經擺上無線電機器，負責的人員守在前面。

牽了電話，電腦也裝好了。指揮本部的門面漸漸出來了。

伊丹叫來SIT的下平係長。係長原本正神情嚴肅地與部下討論某些事，但他立刻趕到幹部席來。

伊丹問下平。

「確認議員是否安好了嗎？」

「是。在綁架案中，與歹徒談判時，這是必須第一個確認的事項。」

「結果呢……？」

「歹徒不理會我方想要確定人質安全的要求，因此沒有機會說服。自稱歹徒的男子立刻提出剛才報告的問題。」

「他問為什麼案子沒有上新聞，是吧？」

「是的。」

「電話錄音了嗎？」

「錄了。聲紋等細節已經送去分析了。」

歹徒的來電會透露許多資訊。有時分析背景聲音，可以查出打電話的地點。此外，有時也能從腔調查到歹徒的出生地，若有相符的聲紋登記在案，也能查出身分。

伊丹滿意地點點頭，繼續問道。

「歹徒給你什麼樣的印象？」

瞬間下平露出詫異的表情。

「印象嗎？」

印象這種東西因人而異——刑事部長提出這種個人的問題，讓下平感到十分意外吧。

「如果我自己感覺到的印象就可以的話……」

「可以，說來聽聽。」

「感覺似乎是個很急躁、沒耐性的人。也許是因為緊張，但他完全不聽我方說詞，匆促地提出問題和要求，立刻就掛了電話。語氣感覺也很慌。另外，對方的教育程度應該相當高。我是從用字如此判斷的。出生地應該可以透過詳細分析查出來，但應該不是東京人。更進一步說，也不是關東以北。感覺有一點西邊的腔調。」

「是關西腔嗎？」

「不，沒有那麼明顯的特徵。不過我感覺那不是東日本的腔調，而是西日本的腔調。」

SIT果然可靠。龍崎聽著下平報告，如此心想。雙方應該只交談了短短幾句話而已，下平卻能從中聽出這麼多線索。

當然，這完全只是下平的印象，但龍崎覺得應該相當準確。

伊丹繼續問下平。

「你認為應該聽從歹徒的要求，報導案子嗎？」

下平的表情蒙上一層陰影。

「這不是我能判斷的事。」

「你是綁架等特殊案件的專家，我想聽聽你的意見。」

伊丹喜歡說這種話。他想要扮演通情達理的上司。

下平以謹慎的態度說道。

「談判的原則，是不能被歹徒牽著鼻子走。要展現出理解對方要求的態度，讓對方照著我們的步調走。」

「那麼，歹徒會再打電話來吧？」

「一定會。」下平斷定。「歹徒接下來才要提出正式要求。」

「在那之前，只能先靜觀其變嗎……」伊丹沉思起來。「好，報導方面先維持現狀。為了避免洩漏底牌，要媒體暫時先不要報導。」

接著他向龍崎確認。

「這樣行吧？」

「這是刑事部長的決定，沒有我置喙的餘地。」龍崎回答。

「一開始要求限制報導，要媒體自制的是你。」

「我只是提出建議，做決定的完全是你。那麼，我要回去署長室了。」

龍崎就要起身，伊丹按住他的肩膀。

「等一下，回去署長室？你要丟下指揮本部？」

「該做的事我已經做了。」

「刑事部長的我守在這裡，你卻想拍屁股走人？」

「既然有你坐鎮指揮，就不需要我了吧？」

伊丹板起面孔。

「沒這回事。你是副本部長，必須隨時掌握資訊才行。」

龍崎大吃一驚。

「我什麼時候變成副本部長了？」

「指揮本部和搜查本部都是這樣吧？部長是本部長，轄區署長是副本部長，這是慣例。」

「既然是副本部長，那更不用說了。有本部長在就夠了，不需要我。再說，我認為綁架案只能交給ＳＩＴ處理。就算我待在這裡，也無事可做。」

「你真是教人傻眼。敢頂撞刑事部長的署長，我看也只有你一個了。」

伊丹似乎屈服了，因此龍崎起身離席。

6

龍崎回到署長室，開始蓋印章。不管發生再重大的案子，公文都必須處理。呈交署長的公文沒有署長的印章，就無法結案。

當然，牛丸真造的事他十分牽掛。他希望議員平安歸來。但是這與是否要守在指揮本部，是兩碼子事。

就如同先前他對伊丹說的，就算他待在指揮本部，也無事可做。既然如此，應該優先處理累積的公文才對。

案情概要他都掌握了。他也親自前往司機平井的屍體被發現的地點，藉此發現到的細節、新的疑問等等，都告訴伊丹了。

龍崎只有一個人。而不管對任何人來說，一天都只有二十四個小時，非常公平。工作時必須隨時考慮優先順位，否則一下子就會爆炸了。

愈是持續處理大量業務的人，愈不會把「我很忙」掛在嘴上。世人說這種人善於管理時間，但具體來說，就是確實遵守優先順位。

忽地，龍崎想到邦彥的考試。他是父親，自然會擔心。這是邦彥第三次報考東大了。邦彥自己一定也認定萬一今年再落榜，就沒有後路了。

龍崎也認為重考兩次是極限了。社會並沒有這麼寬容。

擔心歸擔心，但龍崎也愛莫能助。只能靠邦彥自己發揮實力了。

他暫時埋首蓋章。大概忙了約一小時半吧。這段期間，處理掉相當多的公文，而開啟的署長室門外偶爾傳來記者和貝沼副署長的對話。

「後來有什麼進展嗎？」

「還沒有消息進來。」

即使明白無法報導，記者仍鍥而不捨地採訪。當報導解禁時，手上有多少材料，就是一決勝負的關鍵。

手機震動起來。是伊丹打來的。

「什麼事？」

「自稱歹徒的男子又來電了。」

「和剛才是同一個嗎？」

「對。下平係長在接聽。你馬上過來。」

只能過去了。

「好。」

一走出署長室，立刻被記者的目光團團包圍。各種問題拋了過來：

「署長，出了什麼狀況嗎？」

「署長要去指揮本部嗎？」

「歹徒有連絡了嗎？」

龍崎未停下腳步。

「請等刑事部長的記者會。」

他快步走向電梯。在走廊遇到了戶高。戶高和平常一樣，只是點了點頭，不像其他署員那樣正式行禮。

戶高一起走進電梯。龍崎問他。

「你剛從外面回來？」

「對啊。」

「做了哪些事？」

「在現場附近詢問民眾。不過搜查一課那些人都只把我們當成帶路小弟而已。」

「你就不能少說一句嗎？」

「署長也要去指揮本部？看起來很急呢。」

「自稱歹徒的人來電了。這是第二通電話。」

「哦……？」

戶高只應了這麼一聲。反應平淡。看似不感興趣，但也可以解讀為他就是如此冷靜。

戶高這個人該如何評價，相當困難。在執勤態度和禮節方面，實在難以嘉許。他是會在值勤時間跑去和平島的賽艇場賭博的傢伙。但他的辦案直覺不容小覷，在重案組當中，似乎也被另眼相待。

電梯停下，門打開來，戶高按住「開」的按鈕，等龍崎出去。看來他還知道這點禮節。

來到指揮本部時，只見調查員都聚集在擴音器前。電話接上錄音機，而錄音機又連上擴音器。

下平在離擴音器稍遠的地方拿著話筒。指揮本部充滿緊張的氣氛。看起來每個人都屏住呼吸，連大氣都不敢喘一口。

龍崎走到幹部席問伊丹。

「歹徒說什麼？」

伊丹豎起食指抵在唇上。

音箱傳來聲音。

「我說過，不用顧慮那麼多，叫媒體報導案子。」

下平回應。

「是否要暫緩報導，全看媒體自己的決定。」

「是警方要求媒體不要報導吧？我是在叫你們解除限制。」

「我知道了。但我想先確定牛丸議員平安無事。」

「議員很好。」

「我想要確定。」

「我會再打過去，你們好好期待吧。」

電話掛斷了。下平放下話筒，立刻問道。

「反偵測成功了嗎？」

負責人講了一下電話，回應詢問。

「和上次一樣，是神奈川縣內打來的。」

第一特殊犯搜查的加賀管理官也問。

「不能再縮小範圍嗎？」

「通話時間太短，來不及追查到。似乎也有可能是用和上次不同的公共電話打的。」

「公共電話啊……」

「如果是手機，馬上就能知道位置了……」

「歹徒應該也清楚這一點。」

伊丹問下平係長：「歹徒為什麼執著於報導？」

下平係長以尋思的神情說道。

「應該是希望媒體大肆報導，震驚社會，從中得到滿足吧。」

「原來如此，是劇場型犯罪。」

「從歹徒主動連絡警方，也可以看出這一點。因為一般綁架犯都會連絡肉票的住家或職場。」

「確實如此……」

「還有，也許歹徒認為只要開放報導，就可以透過新聞，某種程度掌握警方的動向。事實上在劇場型犯罪中，有時警方會節節落後，收到歹徒的嘲笑訊息。」

固力果・森永事件（注：指發生於一九八四至一九八五年，以綁架江崎固力果公司的社長爲開端，對森永製菓等食品公司進行投毒恐嚇的一連串事件。歹徒自稱「怪人二十一面相」，向各媒體投書，混亂警方偵查。最後未能偵破，成爲懸案）時就是如此。難道歹徒是想效法先人？

伊丹又問下平。

「報導協定該怎麼辦？」

「我認為可以解除。不過……」

「不過？」

「需要徹底的資訊管控。必須控制媒體公開的資訊，避免被歹徒察覺出警方的行動。」

資訊管控並沒有說的那麼容易。必須仔細審核新聞稿的內容，並徹底防堵調查員個人的洩密。

一旦解除報導限制，各家媒體一定會展開瘋狂的報導大戰。完全不顧是否會危及人質安全，只想著要搶先其他競爭對手。這就是媒體。

曾在警察廳時代經歷過媒體公關事務的龍崎，刻骨銘心地領教過這一點。要求社會記者具備道德也是空談。若是落後其他媒體，就等著吃上司的排頭。如果不想挨罵，就只能加入搶獨家的泥巴戰。

「資訊控管是誰負責？」伊丹對下平說。

「交給我們特殊班就行了。」

「好。」伊丹轉向管理官席。「解除對媒體的報導限制。新聞稿的內容，必須先與SIT討論決定。除此之外的資訊嚴禁洩漏，要各調查員徹底落實。」

龍崎問伊丹。

「我可以發問嗎？」

「你是副本部長，當然可以。」

「從剛才的電話，有沒有什麼新的發現？」

聽到龍崎的問題，下平的表情緩和了些。在挾持及槍擊事件時，龍崎親臨現場，並且把現場的指揮權交給了下平。

ＳＩＴ是訓練有素的專家集團，龍崎認為交給他們處理才是上策。下平應該還記得當時的事吧。

「沒有車聲呢。」

「車聲……？」

「歹徒是用公共電話打來的。如果是街上的公共電話，一定可以聽到行車的聲音。」

「你認為這意味著什麼？」

「不清楚。不過歹徒是從沒什麼行車往來的公共電話打來的。」

「上一通電話呢？」

「上一通也沒有車聲。」

沒有車聲。這或許不是什麼重要的事。如果是車站裡或地下街的公共電話，聽不到車聲是當然的。

但如果是那類地點，應該會有其他聲音。像是熙來攘往的喧囂，或是商店街的音樂、廣播……

下平沒有提到這些，表示也沒有這類聲音。

下平這段發言，其他幹部和調查員似乎都沒有放在心上，龍崎卻不知為何耿耿於懷。他不知道理由。總覺得和至今為止見聞到的某些東西有關。

因為龍崎沒說話，所以伊丹問他。

「問完了嗎？」

「嗯。」

負責反偵測連絡的調查員跑去管理官席。

「怎麼了？」伊丹問。

接到報告的加賀管理官回答。

「雖然範圍還不夠小，但似乎鎖定第二通電話的來電地點了。比橫濱更西邊。」

「比橫濱更西邊？」伊丹皺眉頭。「意思是包括橫濱嗎？」

「不，好像不包括橫濱。」

「唔，可以除掉大都市的橫濱，確實是個好消息。不過說是西邊，範圍也非常大。沿海的話，有鎌倉、茅崎、平塚、小田原……內陸的話，則是從相模原經丹澤到箱根。」

加賀管理官報告。

「對方說之前的兩通電話都是神奈川縣內打來的，因此下次會預先鎖定，從那裡開始反偵測，下一通電話應該就可以大幅縮小範圍。」

伊丹問龍崎。

「你說除非案子發生在神奈川縣內，否則縣警不會行動？」

「這怎麼了嗎？」

「歹徒潛伏在神奈川縣內，表示神奈川縣內正在發生非法拘禁行為。」

「確實，綁架發生在東京都內，但考慮到拘禁是現在進行式，犯罪正在神奈川縣發生。」

「用這個理由要求神奈川縣警行動吧。」

「你是說真的？要是這麼做，歹徒會被神奈川縣警抓去。」

「這部分我會處理好。」

「我覺得只要知會對方我們要派遣調查員過去，或至多請他們協助偵查就好了。」

「不，那樣或許無法指望盡速破案。歹徒將牛丸議員監禁在神奈川縣內的可能性極高。我認為有必要偕同熟悉當地的神奈川縣警進行聯合偵查。」

「這是發生在東京都內的綁架案，應該由警視廳負責到最後。」

「別再多說，交給我吧。我就是為了這天，才讓神奈川縣警把人才寄放在我這裡。」

「寄放人才？」

「有個調查員從神奈川縣警借調到警視廳。馬上要他加入指揮本部吧。」

這件事龍崎聽說過。從以前開始，全國的道府縣警就會以研習為名目，把人員借調到警視廳。神奈川縣警也不例外，但事情並非如此單純。

警視廳與神奈川縣警之間的不和，透過媒體報導，現在已是眾多國民所周知的事實。

奧姆真理教所引發的坂本律師一家滅門慘案時，警視廳高聲批判神奈川縣在初步調查中的疏失。也有人說，就是這件事讓兩者原本悶燒的對立浮上檯面。由於這些背景，從神奈川縣警借調到警視廳的人員，和其他道府縣借調人員相較起來，立場有些微妙。

「我不認為有必要和神奈川縣警組成聯合指揮本部。原本我就認為搜查本部和指揮本部愈小愈好。決策機關規模盡可能小，配合需要來調動人員，這樣的做法才有效率。」龍崎說。

「你的意見我會參考。」

「不過既然你這個刑事部長如此決定，那也沒辦法。我不會干預。」

「交給我吧。」

龍崎發現指揮本部的人員增加了。是從鄰近警署趕來的支援人力吧。這下指揮本部準備完成了。

媒體公關的方針決定，人員也增加了。接下來交給SIT的加賀管理官及下平係長，是最妥當的。

龍崎準備返回署長室。已經過了下班時間。這件事本身他並不在意，但署長不處理完公文，警務課長等人就沒辦法下班。

「喂，你又想落跑？」伊丹說。

「我不是說了？我待在這裡也無事可做。」

「棒子交給你了。」

「什麼？」

「我也有一堆事要處理。我想先回警視廳本部一趟，這段期間，你守在這裡。」

「就算沒有我們，搜查一課長和SIT也會確實偵查。」

「綁架案會對調查員帶來獨特的巨大壓力。指揮官必須確實控管好這些壓力才行。」

「這我明白。」

「我要回去警視廳本部，通知各媒體解除報導限制。然後必須和神奈川縣警討論聯合指揮本部的事才行。」

「在這裡打電話就能處理了吧？你不是對野間崎這麼說？」

「除了這些以外，還有其他要處理的事。我兩小時後就回來。」

「好。」龍崎只能這麼說。「兩小時是吧？」

今晚得有守在指揮本部的心理準備。或許得熬上一整晚。

伊丹起身，調查員全體起立立正，目送伊丹離去。

接下來沒多久，大森署的交通鑑識人員回到指揮本部了。他們聚集在篠崎交通課長那裡。是在報告丟在路邊的租車的調查結果吧。

很快地，交通課長來向龍崎報告。

「目前在租車裡沒有找到任何有用的線索。」

「連指紋都沒有嗎？」

「是驗出了幾個，但沒有符合的指紋。」

是指指紋資料庫裡沒有符合的檔案。

「歹徒確實開過車子，不可能完全沒有留下痕跡。」

篠崎交通課長點點頭。

「已經用吸塵器吸過車內，進行微物跡證鑑定。或許可以從中查到什麼。」

「租車時使用的駕照呢?」

「確定是偽造證件。現在網路上也買得到假駕照。」

確實,只要上網搜尋,可以查到幾家偽造駕照或護照的業者。

「好,繼續調查。」

篠崎行禮,準備離開,龍崎叫住他。

「啊,還有,往後得到什麼新消息,直接向SIT的加賀管理官報告。資訊要集中到他那裡。」

「明白。」

篠崎課長回到座位後,遵照龍崎的指示,開始向加賀管理官報告。

這時管理官席突然傳來嚷嚷聲。龍崎吃了一驚。大呼小叫的是重案搜查的池谷管理官。

好像是在要求篠崎課長應該先向他報告。守在接聽歹徒來電的電話前的下平係長等數名SIT調查員也都望向那裡,訝異出了什麼事。

池谷管理官神情激動地站起來,筆直走向龍崎。在正面立正之後,對著龍崎大聲說道。

「聽說副本部長指示所有的報告都要向特殊班的管理官進行。但命案相關消息，應該向命案班報告才對。」

一旁的田端課長語帶責備地說。

「喂，阿谷，別這麼衝。」

「課長也請說句話。命案的偵查資訊都跑去特殊班，是要我們怎麼辦案？」

是重案組的自尊心作崇嗎？若是在這時候處理不當，可能會後患無窮，甚至有可能造成指揮本部功能停擺。

龍崎回視筆直地注視著他的池谷管理官。

7

「沒辦法將命案單獨分開來偵查。」龍崎說。「綁架案是現在進行式，命案也應該視為同一人所為。不能把綁架和命案的相關情報分開來處理。情報必須集中在一處。」

池谷管理官不肯罷休。

「我們是偵查命案的專家。與命案相關的情報集中到我這裡，才有效率。」

龍崎認為現在不是爭論這些的時候，但必須先讓池谷管理官信服才行。

以一句「這是副本部長命令」一槌定音是很容易。警察組織基本上是上情下達，但這種做法，會讓池谷管理官心生不滿。

坦白說，管理官的情緒如何，無關緊要，但龍崎認為若是樹敵招怨，可能會留下後患。在這種情況，盡可能讓每一名部下滿意，也是管理者的責任。

「我並不是說不把命案的相關情報交給你們，當然會請SIT和你們分享情報。」

「特殊班應該忙著處理綁架案，命案交給我們比較好，我是這個意思。」

「是需要這樣的角色分配。我說這話，也是以此為前提。可是情報必須集中在一處。這是原則。」在池谷管理官又要開口說什麼之前，龍崎對田端搜查一課長說：「這樣處理，課長也同意吧？」

田端課長點點頭。
「是，角色分配是吧。」
「沒錯。必須全力發揮各自的長項，否則沒辦法偵破這起案子。」
田端課長對池谷管理官說。
「阿谷，就像署長說的，又不是要把你排擠出去。」
池谷管理官似乎願意收起矛頭了。
「我明白了。」
他返回管理官席了。
龍崎發現戶高面露苦笑。看起來也像是在看好戲。
他應該是覺得管理官爭強好勝十分滑稽。從戶高的身分來看，管理官高不可攀，然而這些高層卻為了芝麻小事在那裡爭得面紅耳赤，肯定讓他覺得好笑。
指揮本部裡，電視一直開著。附近的調查員出聲。
「NHK播出臨時新聞了。」

調查員聚集到電視機旁。幹部們起身過去，調查員們立刻讓出空間。

龍崎和田端課長並肩盯著螢幕。主播說明都內發現牛丸真造的辦公室用車，車內發現一具男屍，同時牛丸真造下落不明。

新聞中尚未使用綁架這個詞。這應該是SIT的決定。伊丹在發布新聞稿前，一定先和SIT的加賀管理官或下平係長連絡討論過了。

「各家民間電視台呢？」

田端課長問，警視廳本部的調查員操作遙控器。

傍晚的新聞時段開始，報導了牛丸的車被找到，車中發現屍體等事實。一樣沒有使用綁架一詞。

「從這樣的報導內容，看不出究竟發生了什麼事呢……」

一名調查員自言自語地說。龍崎也同意確實如此。或許這就是伊丹的目的。

車中發現屍體，確實是重大案件，但相較於現職國會議員遭到綁架，引發的風波是小巫見大巫。

「這樣報導，牛丸會被懷疑是兇手吧……」

聽到這話，龍崎忍不住望向聲音的方向。是戶高。

龍崎反問。

「牛丸真造是兇手……？」

「因為不就是嗎？報導只提到在牛丸的車子裡發現屍體，然後牛丸人不見了啊。」戶高懶散地說道。

戶高說的沒錯。龍崎這些參與偵查的人因為知道歹徒打電話來，因此完全不會起這樣的疑心，但毫不知情的觀眾會如何解讀？

肯定會各種臆測滿天飛。其中或許也有人會做出像戶高說的那種推測。

龍崎前往管理官席，詢問特殊犯搜查的加賀管理官。

「新聞稿的內容，和刑事部長討論過嗎？」

「是的。我們將研究之後的內容轉達給部長了。」

「照新聞的內容，牛丸真造有可能被當成殺人兇手。」

加賀瞪著龍崎，彷彿一時不解他在說什麼。

「不會吧……？」

「一名調查員看了新聞，有這樣的感覺……既然如此，其他人也有可能萌生相同的觀感。萬一在網路上被好玩地這樣傳開，到時候可能演變成警方的責任問題。」

「我明白了。」加賀管理官點點頭。「我們會立刻研究補救方案。」

龍崎正要離開，加賀叫住他。

「什麼事？」

「現在我們派人守在牛丸真造的辦公室和住家，接下來要怎麼做？」

綁架案時，派人守在肉票的職場和住家，是理所當然的措施。因為歹徒很有可能連絡這些地方。

但這次應是歹徒的人物卻連絡了警方。這一點可以說是例外吧。

「你認為歹徒接下來會連絡住家或辦公室嗎？」

「既然選擇了警方做為第一個談判對象，不太可能會在之後連絡住家或辦公室呢。」

「接下來案情不知道會如何發展。住家和辦公室的調查員，還是要他們先維持現狀吧。」

「明白。」

龍崎忽然好奇起來問。

「歹徒為什麼會連絡警方？」

「不清楚呢。」

「你們不是綁架案的專家嗎？」

「因為是專家，更不能妄下論斷。是有幾個可能性，但到底符合哪一個，尚不明朗……」

龍崎認為加賀管理官言之成理。因為是專家，更不願意率爾提出臆測。

「那麼，告訴我有哪些可能性。」

「如果目的是挑釁警方，驚動媒體，那麼打給警方，效果比打到住家或辦公室更好。」

「但這對歹徒來說，風險似乎過大……」

「對這類罪犯來說，風險愈大，他們愈能從中得到滿足。所以幾乎最後都會落網。」

「但固力果・森永事件儘管被指定為警察廳廣域重要指定案件，最後卻成了懸案。」

「那個案子是特例。」

「希望是。此外的可能性呢？」

「也有可能是不知道住家或辦公室的電話。」

「這太扯了……這查一下就知道了吧？尤其是辦公室的電話，網路上應該就有。」

加賀滿不在乎地說道。

「我只是提出可能性，並沒有說就是這樣。」

確實如此。龍崎是在要求加賀說明可能性，並不是叫他說出他的推理。

龍崎認為加賀這名管理官和下平係長一樣，相當可靠。若是重感情更勝於邏輯，就無法成為優秀的管理者。

「其他還有什麼樣的可能性？」

「或許有某些不願意打到住家或辦公室的理由。」

「什麼理由？」

「比方說只要打電話，身分立刻就會曝光……」

表示是熟人，而且是家人或辦公室成員非常熟悉的人所犯的案。

龍崎思考這個可能性。考慮到歹徒掌握了牛丸前往地方的行程及回程的班機預定，他覺得這個可能性頗大。

那麼，歹徒為何要綁架牛丸真造？甚至不惜殺害司機平井進……

加賀管理官說道。

「像這樣去想，署長說的調查員的感受，就無法忽略了呢。」

「你說牛丸真造就是殺人兇手的感受嗎？」龍崎注視著加賀管理官問。

加賀管理官點點頭。

「我們排除臆測成分，仔細檢驗目前可以透露給媒體的事實。結果就是發現車輛、車中發現屍體，以及牛丸真造失蹤這三件事。我們公開了這幾項事實。換言之，那名調查員會這樣想，就是將這幾項事實拼湊之後得到的結果。」

「你有想到這個可能性嗎？」

加賀管理官搖搖頭。

「不，完全沒有。聽到署長的指摘，我大吃一驚。不過仔細想想，確實無法排除這個可能性。」

「若是如此，綁架就是自導自演了。」

加賀管理官若有所思地接著說。

「這麼說來，下平說歹徒有西日本腔調。牛丸真造是福岡人，也就是說，他說話應該帶有西日本腔調。」

「你是說，打電話來的是牛丸真造本人？」

「不能否定這個可能性。」

不知不覺間，池谷和野間崎也在關注兩人的對話。

池谷管理官對加賀管理官說。

「等一下，那租車是誰丟在高速公路上的？」

加賀管理官回答。

「或許有共犯。」

池谷管理官想了一下，說道。

「不，這說不通。如果要偽裝成綁架，更簡單的方法多得是，根本沒必要殺害司機。」

加賀管理官沉思起來。

「為了偽裝成真正的綁架案，所以需要符合綁架案的精密布局——是這樣嗎？」

池谷管理官搖頭。

「不，再怎麼樣說，殺掉司機都太過頭了。」

這時，野間崎開口了。

「轉換一下思考如何？」

龍崎問野間崎。

「轉換思考？怎麼說？」

野間崎不是對龍崎，而是對池谷和加賀說。

「如果說，最主要的目的其實是殺害平井進的話……」

池谷和加賀都陷入沉思。這時野間崎總算望向了龍崎。那是挑釁的眼神。或許他是在怨恨被抓到指揮本部來。那是找錯債主了。

龍崎也像池谷和加賀那樣，分析野間崎的話。

如果牛丸真造計畫殺害平井進，這場綁架風波，就是為了掩飾犯行的障眼法。

龍崎搖搖頭。

「不，這太不實際了。要殺害近在身邊的司機，沒必要大費周章安排一場假綁架。」

野間崎對龍崎說：「我認為這不是有沒有必要的問題。人活在世上，並不是只做最基本且必要的事而已，而是經常做些無用且多餘的事。罪犯也是一樣的。不過署長應該從來不做多餘的事吧。」

「沒錯。」龍崎回應。「我向來以此為目標。」

野間崎露出掃興的表情。

「總之，不能過度穿鑿。牛丸真造是綁票案的肉票。應該以此為前提辦案。首要之務是救出人質。」

加賀管理官回應。

「明白。」

池谷管理官說道。

「但至少可以確認打電話來的是不是牛丸真造本人。」

「對了，可以進行聲紋比對。不過得先弄到牛丸真造的聲音才行……」

「他有時會上電視節目，辦公室或許有錄影資料。」

龍崎點點頭。

「立刻向他們要。」

說完，龍崎回到電視機前。看見戶高還在那裡，於是他開口問。

「怎麼樣？」

「算是頭條新聞，但沒什麼震撼性呢。」

「震撼性……？」

「和我們感受到的衝擊天差地遠。」

「你感到衝擊嗎？」

「當然了，有國會議員被綁票，然後我被綁在指揮本部……」

「聽起來怎麼像必須待在指揮本部才是最大的問題？」

「署長會這麼感覺，是因為你都用那種眼神看我。」

「你是說，媒體還沒有當成重大新聞在報導是嗎？」

「應該是還在困惑吧。因為還不清楚究竟是怎麼回事……不過我們自己也都不是很明白究竟是怎麼一回事……」

「少說得事不關己。讓案子水落石出，就是你的工作吧？」

「我只要幫警視廳本部的各位大爺帶路就夠囉。」

電視機周圍也有警視廳本部的調查員。戶高一定是故意說給他們聽的。本部的調查員都瞥了戶高一眼。

龍崎對戶高說：「有誰說你們只要當帶路小弟就好了？」

「也不是有誰說啦……」

「如果有人說這種話，立刻向我報告。我會以轄區署長身分正式抗議，要對方改掉那種錯誤思維。」

戶高沒有應話，只是輕輕聳了聳肩。當然，龍崎也和戶高一樣，是說給本部的調查員聽的。他們表情尷尬地看著電視。

「打擾了，請問龍崎署長在這裡嗎？」

禮堂門口附近傳來聲音，一名陌生男子站在那裡。年約四十出頭。頭髮梳得很整齊，予人一種精悍之感。

「我就是龍崎。」

龍崎回應，男子走近說。

「我接到指示，來這裡接受署長指揮。」

「誰的指示？」

「我是接到係長命令，但聽說是刑事部長的指示。」

「伊丹嗎……？」

聽到龍崎直呼伊丹的名字，男子的表情有些訝異。他應該不知道龍崎和伊丹的關係。

龍崎問：「你是……？」

田端搜查一課長回答了這個問題。

「我來介紹吧。他是從神奈川縣借調到警視廳的瀨尾英一。四十一歲，階級是警部補。」

瀨尾將上身折成十五度，行了個正式的禮說：「請多指教。」

龍崎又問：「部長有對你說什麼嗎？」

「沒有，就像我剛才說的，我並非直接接到部長指示……」

「綁架案的事呢？」

「原來是綁架案嗎？我只聽說牛丸真造的車被丟在路邊，車中發現屍體。」

「那是提供給媒體的資訊。牛丸真造被綁架了。歹徒連絡過兩次。」

瀨尾驚訝地看龍崎和田端課長。

龍崎繼續說明：「對歹徒的來電進行反偵測之後，發現是用神奈川縣內的公共電話打來的。因此刑事部長說要將這個指揮本部擴大為和神奈川縣警的聯合指揮本部。」

瀨尾點點頭。

「原來如此，不是用手機，而是打公共電話嗎？看來歹徒知道如果用手機，立刻就會被定位了。」

「在這年頭，這是基本常識了。也許是電視劇害的。明天神奈川縣警的調查員應該會過來，你的任務是協調他們和警視廳的調查員順利配合。」

瀨尾的表情不安起來。應該是感到責任重大吧。而且他應該親身體會過警視廳與神奈川縣警之間的不和。這顯然是件苦差事。

龍崎覺得他會不安是當然的。

「當然，不會把全部的協調工作都推給你。」龍崎說。「警察廳應該會派人指導兩個警察本部協調合作，我們幹部也會努力。請你來擔任現場的窗口。」

「我明白了。」

「……不過今天已經沒別的事了。你明天再來如何？」

「不，我受命從今天開始加入指揮本部，我會待在這裡。有很多事情要做，像是瞭解案件至今的詳細經緯……」

是想要展現幹勁嗎？龍崎倒覺得上司說可以回去的時候，就該回家養精蓄銳。

看看時鐘，快晚上七點了。署長室裡還有一大堆必須在今天處理完畢的公文。龍崎對田端課長說。

「我會暫時待在署長室。」

「好的。有狀況我會通知署長。」

龍崎離開指揮本部。

8

處理完全部的公文時，已經超過晚上八點半了。

警務課的人已經都下班了，但一樓還有四班制的交通課，二十四小時都有人。

是要在指揮本部過夜，還是回家？龍崎考慮了一會。結論是起碼第一天應該要守在指揮本部。

他打電話給妻子冴子通知此事。平常妻子總是立刻接聽，今天卻只有鈴聲一直響。

龍崎是那種會讓電話一直響到被接聽的類型。他多半都會一直等到切換成語音信箱。

冴子總算接電話了。

「孩子的爸……」

「今天我不能回去了，跟你說一聲……」

「好。」

「邦彥怎麼樣？」

「邦彥他……」

「怎麼了嗎？」

「吃晚飯的時候，他說他覺得有點沒力……」

「然後呢？」

「剛才幫他量了體溫，燒到快三十九度。」

向來處變不驚的冴子，聲音顯然著了慌。她六神無主了。

如果兒子只是發燒，她絕不會慌張，但明天是大考日。這是兒子第三次的挑戰，萬一再失敗，就沒有後路了。

考試這樁大事，就是嚴重到連冴子都會不知所措。

「如果是流感，就不該讓他出門。會散播病毒。先帶他去有夜間門診的醫院看一下。」

以前會有家庭醫師願意出診，但現在幾乎找不到這樣的醫生了。

「好，我會找找看夜間門診的醫院。」

「千萬別叫救護車，叫計程車去。」

「我知道。」

「看診結果再通知我。」

「好……」

「那先這樣。」

龍崎掛了電話。

離開署長室，前往指揮本部。田端課長還在。伊丹今天應該不會再來了。

龍崎對田端課長說。

「今天我來留守吧。你可以回家休息。」

「歹徒應該還會再來電。我不能離開。」田端課長搖搖頭。

看看瀨尾，他似乎正在讀文件。是在將偵查資料的內容灌進腦袋裡吧。

龍崎在幹部席坐下，問田端課長。

「聲紋分析那些有結果了嗎……？」

「我指示留在議員辦公室的人員送來議員的影片，但要等到明天才能分析。鑑識的微物跡證鑑定也還需要不少時間。」

「也沒有目擊情報是嗎？」

「對，目前還沒有……」

「全看如何和歹徒周旋了呢。」

「是的……」

田端課長神情凝重。國會議員遭到綁架的重擔壓在他的雙肩上。

龍崎想到，說來，田端不是特考組出身……聽說田端是在刑事領域一路苦幹上來的。搜查一課的課長，有時會從總務部等管理部門挑選任用，但田端課長不一樣。

他的頸脖粗壯，給人一種長得像山豬的印象。有點駝背，聽說是學生時代練柔道的影響。

田端責任心很強。這若是特考組出身的菁英幹部，或許老早就回家休息了吧。雖然龍崎自己就是特考組，卻還是會這麼想。

和田端課長的對話中斷後，便不由自主地想到邦彥。為了明天的考試，邦彥努力了那麼久。然而健康管理也是考生的責任。

不過他無法責怪邦彥。有時不管再怎麼小心，就是會被傳染疾病。

可是也不用挑在今天吧……龍崎真想埋怨老天爺。

負責接電話的人員出聲了，指揮本部裡一陣緊張。

「自稱歹徒的男子來電。」

SIT的下平係長確定錄音機在運作後，拿起話筒。負責反偵測的人員已經在連絡NTT（注：日本電信電話）了。

調查員都聚集在擴音器前。三名管理官也移動到那裡。田端課長和龍崎也走近擴音器。

「我是下平。」

「終於上新聞了，可是有報跟沒報沒兩樣，那是怎麼搞的？」

「警方只公開目前已經確認的事實，報導只是如實反映。」

「連個綁架的綁字都沒有。我本來很期待明天的早報，但看來警方想得太天真了。」

「牛丸議員還好嗎？」

「甭擔心，他可是我的寶貝肉票。」

「讓我們確定他人沒事。」

「就叫你甭擔心了。」

「牛丸議員是不是根本不在你身邊？」

「很會胡思亂想嘛。我們當然在一起。」

「議員還活著吧？要是他還活著，給我們證據。」

「證據喔……」

「不拿出確實的證據來，我沒辦法再談下去。」

「喂喂喂，議員死了也無所謂嗎？」

「所以我才會要求確認議員是生是死。」

一段空白。

「我會考慮。」

電話冷不防掛斷了。

加賀管理官問。

「反偵測呢？」

人員還在和NTT通電話。加賀管理官注視著那裡。反偵測人員放下話筒報告。

「是橫須賀。NTT說縮小到橫須賀市內的範圍了。」

「橫須賀嗎……？」

田端課長喃喃。下平係長說道。

「現在緊急派人過去也來不及呢。」

田端課長點點頭。

「如果和神奈川縣警組成聯合指揮本部，就可以解決這些問題了。只能等待下一次機會了。」

龍崎說：「必須做好準備，以立即應變。」

他取出手機撥打。

「伊丹嗎？我有話跟你說。」

聽到龍崎講電話，田端課長和下平係長都滿臉驚訝。龍崎不理會，繼續和伊丹交談。

「什麼事？我正在開重要會議。」

「歹徒又來電了。」

「嗯，我也接到通知了。」

「可是你卻沒趕來指揮本部？如果有什麼萬一，你會被究責的。」

「這案子也需要各種疏通啊。」

「電話是從橫須賀市內打來的。好像又是公共電話。」

「好。明天一早我會派人盯著橫須賀市內每一台公共電話。」

「明天就太晚了。應該現在立刻安排人員過去。」

「這太不現實了。你以為橫須賀市內有幾台公共電話？雖然最近變少了些，可是數量還是很驚人。要派人盯住每一台公共電話，需要一些準備。」

「這是為了抓到歹徒。」

「很好。抓到嫌犯很重要，我也想平安救出議員。但就算這個案子解決了，萬一又立刻發生相同的案子怎麼辦？調查員人力都耗盡了，是要如何應付接下來的案子？管理階層做判斷時，必須顧全大局才行。」

「需要的是優先次序。現在應該優先的，不是擔心尚未發生的案子，而是處理現在進行式的案子。」

「所以啦……」伊丹說。「我正在和神奈川縣警本部的刑事部長討論。」

「你人在哪裡？」

「橫濱。」

「很好。叫他立刻動員神奈川縣警的調查員。」

「這太亂來了。」

「我們面對的歹徒是什麼人？是殺害司機、綁架國會議員，不按牌理出牌的歹徒。如果沒辦法祭出奇招，是贏不過他的。」

「我明天第一時間安排。這是我能做到的最大極限了。」

伊丹正在盡其所能。從他這個時間跑去橫濱，也可以充分理解。

但龍崎感到不耐煩。

這應該不是針對伊丹，而是對不知變通的警察組織的不耐。

龍崎說：「好，明天一早是吧？」

「你們繼續在現場詢問、調查遺留物品和相關人士。」

「好。」

「還有……」

「什麼事？」

「要是能回家，回家休息一下比較好。」

「不用管我。」

「明天是邦彥的大考日吧？」

「那是邦彥的問題，又不是我要考試。」

一段沉默。

「你這話應該是真心的吧。」

「廢話。」

電話掛斷了。

伊丹提到邦彥，龍崎才總算察覺了。他會如此暴躁，原因之一就是邦彥發燒。

冴子還沒有打電話來。雖然也想過主動打過去，但家裡應該正在忙吧。

結果龍崎決定再等一陣子看看。

田端課長提心吊膽地開口。

「部長怎麼說……？」

「他說他正在和神奈川縣警的刑事部長碰面。明天一早會安排人員監視橫須賀市內的公共電話。」

田端的神情緊張起來。

「或許太慢撒網了。歹徒也有可能已經開始離開橫須賀市了。」

「請設法將手頭的線索做最大的利用吧。現場附近的監視器、高速公路上的測速照相機等等，能夠利用的東西全部拿來利用。」

「明白。」田端課長點點頭。

「相關人士調查得如何了？」

聽到這話，田端課長對池谷管理官說。

「查到什麼了嗎？」

「調查員去辦公室問過了，他們說議員和平時沒什麼不同。調查員問是否有什麼磨擦或問題，辦公室人員說沒有一天是風平浪靜的。換句話說，並未發生什麼讓他們視為問題的大事。」池谷管理官回應。

龍崎感到有些奇妙。不知為何，池谷管理官的態度顯得畏畏縮縮。

剛才還那樣盛氣凌人，這是怎麼回事？龍崎疑惑著，看著池谷管理官，結果和他對上眼了。

池谷管理官慌忙別開目光。

到底是怎麼搞的……？

龍崎正覺得古怪，池谷管理官硬著頭皮看向龍崎。

「剛才我對署長失禮了。」

「你有做什麼失禮的事嗎？」

「我做出頂撞署長方針的發言。」

「提出意見不是壞事。若是合理，我會採納。」

池谷管理官似乎整個人惶恐不已。

原來如此，龍崎恍然。

是他打給伊丹的電話。池谷管理官應該早就知道伊丹和龍崎的關係，不過剛才那通電話的對話口氣，重新提醒他這兩人的交情有多不簡單了吧。

真是多餘的顧慮。龍崎正想這麼說，手機震動了。

來電顯示是邦彥。

「邦彥嗎？」

「嗯……」

「聽說你發燒了？還好嗎？」

「我現在在醫院，做了流感快篩。」

如果是陽性，明天就不能進考場了。不能讓他在考場散播病毒。

「結果怎麼樣？」

「幸好不是。」

老實說，龍崎鬆了口氣。但即使只是單純的感冒，也有可能傳染給別人。

「燒還沒退嗎？」

「體溫還滿高的，不過醫生開了退燒藥和抗生素……」

「快點回家休息吧。」

「嗯，我知道。」

「你媽跟你在一起嗎？」

「嗯。本來媽說她要打電話，但我覺得我來打比較好……」

「這樣啊。」

「居然在這種時候發燒，爸一定覺得我很蠢吧？」

「什麼時候會遇上什麼事，沒有人預料得到。重要的是事到臨頭，能不能妥善處理。」

電話彼端一陣沉默。

「總覺得聽到爸這話就安心了。」

「不是安心的時候。你馬上就要上戰場了。讓燒退下來，努力調整好身體狀態，這是你現在的任務。」

「我知道。」

「可以叫你媽聽一下嗎？」

「等一下。」

冴子的聲音傳來。

「喂……」

「辛苦你了。幸好不是流感。萬一是流感，我就得要邦彥放棄考試了。」

「你的話一定會這麼做吧。」

「總之辛苦了。快點讓邦彥回去休息吧。今天晚上我還是不回去了。」

「好。」

回應一如往常。

「拜。」

龍崎掛了電話。

雖然不是流感，卻仍不能放心。東大入學考即使以完美的身體狀況參加，也非常困難。但擔心也無濟於事。接下來只能看邦彥自己了。

管理官們的對話傳了過來。

「歹徒和議員的行蹤在大森南五丁目突然斷掉，這點還是令人不解……」

是加賀管理官的聲音。池谷管理官回應。

「應該是換乘別的車了吧。可是沒有人目擊，監視器也沒拍到……他們在大森南五丁目突然消失了……」

這件事也讓龍崎十分在意。歹徒帶著議員，究竟是如何逃走的……？

忽地，戶高的身影映入眼簾。

他正呆呆地看著電視，睏倦地打了個哈欠。

驀地，龍崎靈光一閃。

原來如此，是這麼一回事！

9

龍崎對田端搜查一課長說道。

「或許是坐船。」

田端課長皺眉。

「坐船？」

龍崎是看到戶高而想到的。戶高是個會在執勤時間跑去和平島賭賽船的傢伙。龍崎是從賽船聯想到的。

牛丸議員的車子被丟下的大森南五丁目在昭和島和京濱島等人工島的對岸，也位在俗稱海老取川的河口旁。

海老取川是羽田整備場旁邊的運河。換句話說，大森南五丁目這塊土地面對連接東京灣的水路。

田端課長立刻命令兩名管理官。

「尋找目擊情報，火速去辦。」

時間已是近晚上九點四十分了，但池谷管理官和加賀管理官當然不管這些。他們召集有空的調查員，派他們立刻趕往大森南五丁目。

「可是……」池谷管理官匪夷所思地說。「怎麼都沒有人想到呢？被署長這麼一說，現場的前面就是運河啊……」

據說所謂運河，指的是挖掘內陸而建的水路。因此填海而成的人工島和陸地之間的水路並非運河。

但位於灣內的島嶼和陸地之間的水路，習慣上仍多半稱為運河。

「真的，」加賀管理官說。「應該立刻就要想到船隻的……」

龍崎說：「這就像魔術。」

加賀管理官表情訝異。

「魔術……？」

「從一開始，車子就是關注的重點。首先是議員的辦公室用車被丟在路邊。然後高速公路丟著疑似歹徒租來的車子。把觀眾的注意力吸引到左手，在右手動手腳，就是這種魔術手法。車子扮演了吸引觀眾目光的左手角色。」

池谷管理官問龍崎。

「歹徒是刻意這麼做的嗎？」

「我覺得歹徒應該沒有設想這麼多。是我們自己陷入了迷障。」

田端課長搖搖頭。

「成見真是可怕。所以從以前就說，不能帶著成見辦案。」

晚上十點半過後，管理官席收到有關船隻的第一個報告。有人在上午近十點的時候，聽到附近有動力小船之類的引擎聲。

接下來各種情報便陸續進來了。

多半都是聽到船隻引擎聲，但也有兩則目擊情報。一名目擊者指稱，九點五十五分左右，一台白色動力小船離開公園旁邊的碼頭，開往海上。

另一名目擊者也說看到白色機動船。

「船是就這樣直接開往橫須賀嗎……？」

加賀管理官問，池谷管理官接話。

「應該吧。只需要在橫須賀港靠岸就行了。」

「下平係長說公共電話周圍沒有行車的聲音。」

龍崎開口，兩名管理官和田端課長同時轉向他。下平係長正守在遠離擴音器，設置於獨立空間的專用電話旁。歹徒只要打電話來，他隨時可以接聽。

加賀管理官說：「下平有這樣提到嗎……？」

「有。」龍崎回應。「這一點一直讓我很在意。我本來也以為是某處的室內公共電話，但公共電話是設在公共場所的。尤其最近數量逐漸減少，比以前更傾向於設置在具高度公共性的地點。所謂具高度公共性，就是人多的地方，所以應該要能聽到某些噪音才對。」

加賀管理官對連絡人員說道。

穿制服的連絡人員立刻起身跑去叫人，下平快步趕來。

「喂，叫一下下平。」

「怎麼了？」

「歹徒和議員似乎是從大森南五丁目坐船移動到橫須賀港的。」

「好的，我立刻安排追查。」

龍崎說：「歹徒打來的電話，背景幾乎沒有聲音是嗎？」

「是的，完全沒有行車的聲音，或街上的喧囂聲。」

「或許是橫須賀的港灣設施裡的公共電話。港口都遠離幹線道路。如果是類似倉庫區的地方，也沒什麼行人往來。」

下平係長說：「很有可能。如果詳加分析錄音，或許可以聽到海浪或港口獨特的聲音。」

「對查出地點有幫助嗎？」

「我認為有。」

「那麼立刻著手分析吧。」

「好的。」

龍崎打電話給伊丹。伊丹立刻接聽了。

「怎麼了？」

「歹徒在大森南五丁目棄車後，是怎麼離開的，之前一直不清楚，不過現在大致查出移動方法了。」

「是什麼方法？」

「好像是乘船離開的。似乎是動力小船。」

「船啊……。原來如此……。這表示歹徒有船舶駕照，持有動力小船。這或許是個重大突破。」

「不一定是開自己的船，或許是偷來的。」

「如果是偷來的，也不需要駕照了嗎……？」

「總之這事已經安排調查了。神奈川縣警那邊怎麼樣？」

「決定要在橫須賀署設置前線本部了。」

「設前線本部……？」

「歹徒和人質有可能在橫須賀。與其把調查員叫去指揮本部，在那裡組織前線本部，和這邊配合行動更好。」

「是你提議的嗎？」

「是神奈川縣警的刑事部長提議的。」

「以部長之間的討論而言，難得有這麼合理的決定。」

「這是諷刺嗎？」

「是真心話。歹徒應該移動到神奈川縣了。如此一來，應該把調查員集中到神奈川縣，尤其是橫須賀市。幸好你沒有為了警視廳的面子，把調查員都叫到這裡來。」

「說到這個，」伊丹換了副正經口吻。「我有事要拜託你。正要打給你，剛好你就打來了。」

「拜託我什麼？」

「你來指揮前線本部吧。」

「別說笑了，我只是個警察署長。」

「但你是指揮本部的副本部長。」

「還有更合適的人選吧？像是參事官或刑事課長……」

「參事官必須在我留守時代理我的職務，他不能離開本部辦公大樓。田端課長則必須守在指揮本部。」

「那，可以找理事官或方面本部的管理官……」

「理事官是課長不在時的代理，和參事官一樣，得留在本部。野間崎是因為指揮本部的管理官太少，所以派到指揮本部，不能再把他調到前線本部。再說……」

「什麼？」

「野間崎跟你，能力相差太多了。」

「沒這回事。只要給他適當的舞台，他就能發揮本領。」

「神奈川縣警的刑事部長是小我們兩期的警視長，非特考組出身的人應付不來，但我們的話，就有辦法制衡。」

「等等，意思是神奈川縣警的刑事部長要擔任前線本部長？」

「名目上當然是這樣。」

「這跟名目無關，案子最早是發生在這裡，必須由我們掌握主導權才行。」

「剛才你不是還在慶幸我沒有執著於警視廳的面子嗎？」

「這不是面子問題。那樣做等於是把現場指揮交給不瞭解來龍去脈的神奈川縣警。」

「所以我才叫你去擔任副本部長。那邊的刑事部長應該也和我一樣，沒辦法一直守在本部，所以實質上會是由你來指揮。」

「你說那邊的刑事部長是小我們兩期的警視長？」

「對，等於是我們的學弟，應該很好駕馭吧。」

「看來我拒絕也沒用是吧……」

「要求橫須賀盡快派出調查員的可是你，而不是我。既然如此，由你來指揮是最快的吧？」

龍崎停頓了一下尋思。確實，在熟悉案子來龍去脈這一點上，或許我更適任……

「前線本部……」龍崎開口。「是明天早上成立吧？」

「橫須賀署好像已經在著手布置了，不過要等到明天才會牽好電話，搬進無線電機器和電腦。」

「好吧……」龍崎嘆氣。

「你今天先回家一趟怎麼樣？明天開始就得守在橫須賀了。」伊丹說。

「守在哪裡都一樣。」

「明天邦彥就要大考，我也覺得很過意不去……」

「邦彥的考試和我們的職務無關。」

「那，前線本部就拜託你了。」

電話掛斷了。

龍崎正在沉思，田端課長出聲。

「是伊丹部長打來的嗎？」

「對。」

「我聽到前線本部什麼的……」

「明天一早要在橫須賀署成立前線本部。本部長是神奈川縣警刑事部長。伊丹叫我擔任那裡的副本部長。」

「那麼，署長要過去那裡囉？」

「看來只能去了。」

田端課長點點頭說。

「這裡交給我吧。調查有任何進展，我會隨時回報。」

「拜託你了。指揮本部和前線本部之間的連絡至關重要。必須盡量密切合作。」

「明白。」

「聽說已經開始布置了，或許我也最好趁今晚過去。因為需要各種準備，我先回家一趟。」

「請署長這麼做吧。」

龍崎決定先回署長室一趟再回家。

這要是年輕時候，他應該會直接趕到橫須賀去。雖然對田端課長說需要各種準備，但菁英警官不需要準備。他自認為早有覺悟，隨時都可以兩手空空地前往任何地方。

但今天他實在是累了。這是漫長的一天，明天應該也同樣漫長。

而且他必須離開主場大森署，前往外地的神奈川縣警。

他告誡自己，盡量不要胡思亂想。警視廳與神奈川縣警之間的對立與案子無關，自己只要全力以赴破案就行了。

儘管這麼想，卻無法完全抹去那一絲不安。

離開警署時，龍崎打電話給妻子冴子。

「之前我說沒辦法回去，但狀況不同了。我現在先回家一趟。」

「好，我知道了。」

「邦彥怎麼樣？」

「去睡了。燒好像還沒退……」

「總之我這就回去。」

龍崎離開警署玄關，坐上公務車。今晚寒冷刺骨。但沒空抱怨什麼寒冷。調查員還在外面四處奔走。對於打擊犯罪、保家衛國的警察來說，天氣、季節和氣溫都與他們無關。

因為無論環境如何，他們都不能停止抗戰。

有些人為日本的未來憂心忡忡。也有人開口閉口就是日本人沒救了。真想讓這些人看看在這片寒空下奮戰不懈的警察、消防員、海上保安廳的保安官以及自衛官。

龍崎打從心底輕蔑那些只看壞的一面，滿口批評，虛無自棄或冷嘲熱諷的人。愈是這種人，愈會袖手旁觀。

日本的未來將會如何，他不知道。但日本各地不斷地有日夜努力不懈的年輕人誕生，也是事實。所以龍崎認為，沒救的人就別管他們了。沒必要為那種人浪費金錢時間或勞力。

年少時期，龍崎總是百思不得其解。因為教室裡總是會有一群完全不想用功讀書的不良少年。這群人只會敗壞環境，一點助益都沒有。

他無法理解教育機關裡怎麼會有這種人。

這種人應該立刻逐出校園。他們只會妨礙想讀書的人。他是真心這麼想。

即使是現在，他的基本想法還是沒變。當然，現在的他更明事理了一些，認為所有的年輕人都應該要有平等的機會。

但是說老實話，人不可能平等。這就是現實。有些人就是更有才華、成長環境更好，同時也確實有完全相反的人。

所以怎麼樣？龍崎心想。所以人才要努力。能夠提升自我的，就只有自己。然而卻放棄這份努力，這樣的人，別人沒有義務去拉一把。

抵達自家時，冴子和女兒美紀都還沒睡。

已經快凌晨十二點了。

兩人的表情都很黯淡。理由不必說，是因為擔心邦彥。

龍崎覺得應該對她們說些什麼，卻想不到能說什麼。

冴子搶先龍崎開口。

「如果藥起作用，明天早上燒應該就會退了。」

「我們在這裡操心也沒用，只能看邦彥自己了。」

「是啊……」

「原本就不一定凡事都能以萬全的狀態去面對。這種時候，才是真正的實力受到考驗的時候。」

「孩子的爸，你果然是擔心邦彥才回來的嗎？」

如果在這時候說對，或許可以抬高一些身為父親的身價。但龍崎的個性就是不會撒謊。

「這是原因之一，不過明天起我得待在橫須賀署，所以想說先回來一趟。」

「橫須賀署……？」

「那裡要成立前線本部，我奉命擔任那裡的副本部長。」

「但你不是轄區署長嗎？」

「特考組就是方便使喚。明天六點半公務車會來接。洗澡水熱好了嗎？」

「嗯。」

「那我洗完澡就去睡了。」

龍崎正要去換衣服，美紀說：「總之爸回來，真的太好了。」

「我什麼忙都幫不上。我不是醫生，不能幫邦彥退燒，也不能替他考試。」

「重點不是那些啦。總之有爸在，我們就安心了。」

父親或許就是這樣的。就算平常被當成麻煩，但遇上事情時，就會成為依賴。

「我也想回來看看狀況。」

「雖然不知道是怎麼回事，不過出大事了對吧？聽說牛丸真造議員不見了……？」

「是啊，狀況很棘手。所以我得趁著能睡的時候多休息一下。」

「那個牛丸真造是做了什麼壞事躲起來了嗎？」

這個問題讓龍崎很意外。

「為什麼你會這麼想？」

「政治人物不是都很壞嗎？什麼違反政治獻金法……我以為他是做了什麼見不得人的事，所以才躲起來……」

「你看到新聞了嗎？」

「看了。」

「牛丸真造辦公室的車子被丟在路邊，司機死在車子裡，然後牛丸真造人不見了。明確的事實就只有這些。還沒有查出任何牛丸真造做了什麼虧心事所以躲起來的事實。」

「那他是被綁架了嗎？」

「這我不能證實。明天伊丹應該會發布新聞稿。」

「那就是綁架囉？政治人物被綁架，這很嚴重耶。」

聽著兩人對話的冴子也說話了。

「這就是你爸的工作啊。他總是在努力解決嚴重的問題。」

「總之，我要去洗澡睡覺了。明天去了橫須賀署，不知道什麼時候才能回來。」

龍崎去臥室換了衣服，前往浴室。

總是在努力解決嚴重的問題嗎……？

忽地龍崎心想，不只是我，每個警察都在如此努力。這麼一想，他覺得輕鬆了一些。

10

清晨六點半整，公務車來迎接了。這時邦彥也已經起床。

「身體覺得怎麼樣？」

龍崎問，邦彥回答。

「不能說是最佳狀態呢。」

「燒退了嗎？」

「應該比昨晚好了。」

「身體不舒服，注意力就難以集中，更容易粗心大意。所以必須比平常更小心。」

「嗯，我知道。」

沒有更多該說的話了。龍崎離開玄關。

乘上公務車後，他想：幸好回家一趟。光是能鼓勵邦彥幾句話就值得了。不，兒子或許根本不期待。因為這是他第三次挑戰了。

慶幸能夠鼓勵兒子，或許是龍崎的自我滿足。

他覺得即使如此也好。

昨晚沒有任何消息，表示案情沒有新進展。歹徒也沒有連絡。

龍崎在車中讀早報。每一家報紙的內容都不出昨晚電視新聞的報導範疇。這表示目前指揮本部尚未有調查員走漏消息吧。

歹徒使用公共電話連絡。首先必須做的，是監視橫須賀市內的公共電話。會是由龍崎下令這麼做嗎？還是和警視廳的指揮本部一樣，由神奈川縣警的搜查一課長擔任前線本部主任，實際執行指揮？
去了才知道。不清楚的事，想東想西也沒用。
前往橫須賀的路途漫長。龍崎認為與其思考，補眠一下比較好。
把成疊報紙挪到旁邊，閉目養神。很快地陷入半睡半醒，不久後意識便遠離了。
忽地一覺醒來，左方是一片大海，龍崎問司機。
「到哪裡了？」
「正開下從橫濱橫須賀道路分出來的收費道路。就在JR橫須賀站附近。應該不到十分鐘就能到橫須賀署了。」
看看時間，八點二十分。他在車裡睡了超過一小時。若能在八點半抵達橫須賀署就算快了。
他猜想基層人員應該昨晚就進駐前線本部了。偵查幹部多半會在九點左右現身。警視正以上就是國家公務員，上班時間是九點以後。
如同司機說的，八點半前便抵達了橫須賀署。他想先向署長致意。

一樓有警務課，裡面是副署長席。旁邊的門是署長室門口。全國每一處警察署，這些格局幾乎都一樣。

龍崎走向副署長席。已經有幾名記者聚集在那裡了。

「打擾了。」

龍崎出聲，記者們全都回過頭來。如果這裡是大森署，記者們一定會熱絡地向他寒暄，但現在他們只是投以訝異的眼神。

副署長坐著問。

「什麼事？」

是一板一眼的類型。年紀應該五十多歲吧。龍崎覺得氣質和貝沼有點像。

「我想找署長。」

「有約嗎？」

「不，我以為沒必要預約……」

「署長不在。你是……？」

「警視廳大森署，敝姓龍崎。」

「大森署……？成立司機命案搜查本部的警署是嗎？」

司機命案搜查本部……

副署長是刻意使用這種說法嗎？還是未被知會牛丸真造遭綁架的事實？

龍崎認為是前者。現在旁邊一堆記者，不能隨便說溜嘴。

「我奉命從今天開始加入這裡的前線本部。我想在那之前，向署長打聲招呼。」

「加入這裡的本部……？」副署長微微挺直了上身。「不好意思，請問您是大森署的……？」

「署長龍崎。」

副署長站了起來。

「署長在四樓的禮堂。」

「那裡是前線本部嗎？」

「是的，我帶您過去。」

「不必麻煩。四樓是嗎？」

副署長走出辦公桌，領頭走出去。

「電梯在這裡。這邊請……」

一名記者說：「副署長，怎麼會有警視廳的人來參加前線本部？」

另一名記者發問：「前線本部是指什麼？」

當然，副署長沒有理會。

進入電梯後，副署長才開口。

「自我介紹得晚了，我是副署長，敝姓奥菜。」

「署長的大名是？」

「島村，島村昭彥，列島的島，村子的村，昭彥是昭和的昭，俊彥的彥。」

「綁架案的事，副署長已經聽說了吧？」

「是的，也知道歹徒用市內的公共電話打給警視廳。」

剛才的說法，果然是意識到媒體的謹慎發言。龍崎覺得這個副署長是可用之才。

抵達四樓禮堂後，奥菜副署長走近孤伶伶地坐在高台上的人。龍崎也跟了上去。
「署長，這位是警視廳大森署的龍崎署長。」
聽到介紹，島村署長驚訝地站起來。
「沒想到您這麼早就到了……」
署長很年輕，應該才四十開外。副署長年紀比他大多了。
這年頭，應該已經沒有讓特考組到各地方警署擔任署長的「少主修行」人事了。但島村署長毫無疑問是特考組出身。一看就知道了。
「其他幹部呢？」龍崎問。
島村署長微微板起了臉。
「還沒有到。九點以後或許會有人來吧。」
禮堂裡約有二十名調查員，每個人都顯得無所事事。
龍崎站在高台前，問島村署長。
「這不會就是全部的前線本部調查員吧……？」
「縣警本部指示下來，要我們先召集二十名人力……」

「縣警本部這樣指示……？」

「是的，是本鄉部長的指示。」

「刑事部長對嗎？」

「是的，本鄉芳則刑事部長。」

禮堂裡沒有安排管理官的辦公桌區，而這是搜查本部和指揮本部不可或缺的。也沒看到無線電機器和電腦。

「看起來不像完成本部布置了……」

「上頭說先召集人手就夠了……」

「這也是部長的指示嗎？」

「是的，我是這麼聽說的。」

「這個樣子沒辦法辦案。請重新規畫。」

聽到龍崎這話，島村署長壓低聲音說：「署長也知道，搜查本部和指揮本部，必須聽從刑事部長的指示，轄區不能任意決定規模。」

他顯然很在乎調查員的目光。奧菜副署長滿臉憂心，聽著龍崎和島村署長的對話。

「那麼，只能跟刑事部長談一談了。」龍崎說。

島村署長驚訝地看龍崎。

「對方可是部長啊。你也和我一樣，只是個轄區署長吧？」

「如果有必要，就必須提出要求。」

「確實，我也不認為這樣的陣仗能進行充分的偵查工作。需要縣警本部和鄰近警署的支援……但以我的身分，實在無法提出要求。」

「由我來說。」

島村署長和奧菜副署長面面相覷。接著島村署長說道。

「呃，總之請這裡坐吧。」

島村署長指著高台座位說。他的位置離中央主位更近，但龍崎不拘泥這些小節。龍崎坐下後，奧菜說：「那麼，我先失陪了……」

龍崎叫住他。

「可以請副署長先留在這裡嗎？」

「什麼……？」

「和刑事部長談過之後，本部規模有可能擴大。屆時必須麻煩你安排。」

奧菜看向島村署長。島村點點頭，奧菜於是回應龍崎。

「好的，那麼……」

副署長不是在高台的座位，而是在調查員座位的最前排坐下，就像在主張他是現場的總負責人。龍崎覺得這樣的態度令人欣賞。

龍崎從高台重新環顧前線本部的內部狀況。調查員僅有約二十名，而且看起來實在難說是幹勁十足。

接下來必須好好周旋一番，好重建這個本部。伊丹昨晚到底談了些什麼？明明現在不是處理這種瑣事的時候。

這段期間，歹徒也有可能帶著牛丸議員移動到別的地方去。最糟糕的情況，議員也有可能慘遭毒手。在這裡，實在感覺不到在偵辦綁架案的緊張感。

就像島村署長說的，九點過後，幹部總算進來了。

「起立！」號令一響，所有的偵查人員、署長副署長都站了起來。龍崎也仿傚。來者是刑事部長和搜查一課長。

本鄉部長一看就是個性情急躁的人。身材並不高，算是清瘦體型。島村向他介紹龍崎，他露出禮貌性的笑容說：「我聽伊丹部長說過了。你和伊丹部長同期，階級也一樣是警視長呢。」

聽到這話，島村一臉驚訝。

「原來署長是警視長？」

「對。」本鄉部長對島村說。「龍崎署長因為一些原因，現在在轄區擔任署長，但是和警視廳的刑事部長是同期，以前待過警察廳長官官房。」

「失敬失敬……」

島村並沒有任何失敬之舉。龍崎覺得自己受到符合警察署長身分的待遇。比起這些，龍崎更想盡快討論前線本部的規模。

「我聽刑事部長說我是來擔任副本部長的，這一點沒有錯吧？」

「對。」本鄉本部長立刻點頭。「因為這起案子最早是警視廳負責的……雖然原本應該由橫須賀署長來擔任副本部長……」

「聽說部長昨晚和伊丹談過了？」

「對，我們討論過。」

「他告訴我，一早就要派調查員監視市內的公共電話……」

「我本來也是這個打算，但這樣做太沒效率，而且人手不足，所以我換了個方針。」

「換了方針？」

「上頭說市內有許多監視器，只要善加利用，就可以節省人力……」

在這種時候追求效率又有何用？搜查本部和指揮本部最大的優勢就是人海戰術。

「當然，監視器要加以活用，但完全只是輔助。我認為讓調查員去現場監視最有效果。」

「期待NTT鎖定公共電話的位置吧。派調查員守住市內每一台公共電話，這太不現實了。整個市內的公共電話，可是多達數百台啊。」

有眾議院議員遭到綁架。龍崎認為目前的應變處理實在過於粗糙。

是因為他們覺得這不是自己的案子吧。沒有責任，也不會是自己的功勞。或許背後有著對警視廳的反感。

特考組調動頻仍，在全國各地走動，因此對於特定的縣警本部不會有太深的感情。本鄉部長和島村署長應該也是如此。

問題在於當地錄用，從基層一路幹上來的人員。

譬如說，一直保時緘默的縣警搜查一課課長，是否就是這樣的經歷……？

剛才介紹中說他叫板橋武，卻沒有告知他的階級。年紀和龍崎相仿。

刑事部裡面，搜查二課的課長多半都由特考組出身人員擔任。警視廳是如此，神奈川縣警應該也不例外。但即使是警視廳，搜查一課長也多半是非特考組出身。

因為這個職位要求偵查經驗和管理能力。即使不是從刑事領域一路幹上來，也多是從總務或人事等管理部門的非特考組人員中拔擢。

板橋課長一定也是非特考組。八成就是當地錄用，從基層做上來的。也許他是反警視廳的急先鋒。龍崎如此推測。

龍崎對本鄉部長說。

「那麼，派調查員監視市內全部的公共電話一事，就重新考慮吧。但我希望立刻派調查員到必要的地點。」

「必要的地點是指哪裡？」

龍崎尋思起來。歹徒來電的背景聲音尚未分析完畢，所以無法做出確實的回應。但從事實來看，他認為應該不會錯，因此說道。

「請把重點放在港灣設施等港口附近的公共電話，派人監視。交通流量大的道路附近以及商店街裡的公共電話可以除外。」

「港灣設施……有這個條件的話，數量應該可以縮小許多。」

龍崎繼續提出要求。

「既然是前線本部，也需要直通指揮本部的熱線。如果歹徒來電，必須可以用無線電或網路同時播放收聽。」

「這可以立刻安排。」

「再來是調查員的數量，以現狀來看，實在太少。至少也得是現在的四、五倍才行。」

「也就是八十至一百人規模嗎？」

「是的。當然，橫須賀署單獨沒辦法的話，還請縣警本部調派人手過來。應該也需要鄰近警署的支援。此外還需要若干名彙整資訊的管理官。」

本鄉部長點點頭。

「我明白了。我會設法。」

這時，板橋搜查一課長開口了。

「部長，這是警視廳的案子，何必這樣勞師動眾？」

來了。

龍崎在心中喃喃。

綁架案不同於命案，是現在進行式的案子，分秒必爭。好了，這下該怎麼做，才能盡快收服這名課長？

龍崎嚴肅思考起來。

11

龍崎首先仔細打量板橋課長。

外貌一看就十分剛毅。眼神銳利，是典型的刑警風貌。應該是從刑警基層幹起，一路爬到搜查一課長的位置。

這種類型比起管理能力，更對偵查經驗有自信。而且大部分都對特考組菁英抱持反感。

板橋毫無疑問也是如此，龍崎心想。

對方是否心存反感，不關龍崎的事。問題是要如何收服他。

若是採取高壓手段，會為往後的偵辦造成阻礙。但現在也沒有時間慢慢去懷柔。

「這是綁架案，不是區別是東京都還是神奈川縣的案子的時候。」龍崎對板橋課長說。「如果認為我不夠格，可以請警視廳派人來指揮。」

板橋一瞬間露出被威懾的表情，但立刻振作起來回話。

「如果是警察廳只是指導，那就沒有問題。我的意思是，我們沒有必要服從警視廳的指示。」

龍崎更進一步說：「殺人和綁架發生在東京都內。但現在進行中的非法拘禁發生在神奈川縣內。」

「這是詭辯。問題是這個歹徒是警視廳要抓，還是神奈川縣警來抓？」

原來如此，看來不是個傻瓜。

「第一優先是確保人質安全。被綁架的是國會議員，這個案子極受社會關注。必須迅速強化警力，全力破案。」

「這我們知道，但站在神奈川縣警搜查一課的立場，目前這樣的規模已經是最大極限了。」

「不可能。如果案子發生在橫須賀，有可能端出這樣的偵查規模而已嗎？」

「假設性的問題沒有意義。」

龍崎問本鄉刑事部長：「你也認同嗎？」

刑事部長微微板起了面孔。接著他看似下了決心，開口說道。

「增加到八十人吧。也派幾名管理官常駐在這裡。然後設置無線電和電腦，還有接收歹徒來電對話的擴音設備。」

板橋驚訝地看本鄉部長。本鄉沒有看板橋。

龍崎點點頭。做為特考組菁英，這才是正確判斷。

眾調查員都屏著呼吸注視著偵查幹部們在高台主位的對話。

島村署長命令奧菜副署長。

「聽到刑事部長的指示了吧？請迅速安排。」

「好的。」

奧菜副署長起立行了個禮，離開講堂。

龍崎感覺第一階段的任務結束了。前線本部有了像樣的門面，打造出執行偵查最基本的環境了。

「失陪一下。」

龍崎向本鄉部長告罪後，取出手機打給伊丹。

「嗨，橫須賀那邊怎麼樣？」

「還怎麼樣，你們昨晚到底談了什麼？」

龍崎顧慮到本鄉的面子，沒有在對話中提到他的名字。

「我們針對合作方式做了細節討論啊。」

「算了。指揮本部那邊怎麼樣？」

「昨晚九點的電話以後，歹徒就沒有再來電。目前把重點放在應該是歹徒從大森南五丁目的現場逃走使用的小型船隻進行偵查。」

「好。那艘小船很有可能在橫須賀上岸，我這邊也會調查。」

「我期待來自前線本部的情報。」

「你守在本部嗎？」

「雖然很想，但沒辦法。細節你連絡田端課長。」

「好。」

「邦彥是今天大考吧？」

「我兒子的事，只能靠他自己了。」

「但你還是會擔心吧？」

要說出邦彥昨晚發燒的事嗎？龍崎猶豫了一下，最後決定不說。

「擔心也沒用。現在我滿腦子都是綁架案的事。」

「現場有調查員在拚命追捕歹徒，幹部焦急也沒用。」

「我不是焦急。身為指揮官，必須盡可能超前部署才行。」

「那邊交給你了。拜。」

龍崎掛斷電話，將手機收進口袋後，本鄉部長問他。

「你是在和伊丹部長講電話嗎？」

「是的。」

「即使知道兩位是同期，又自小認識，看見署長和部長這麼熟不拘禮地交談，還是會有點驚訝呢。」

也許本鄉是在暗示龍崎要懂得分際。確實，本鄉同樣身為部長，站在他的立場，龍崎的態度或許難以容忍。

但龍崎不打算改變。他和伊丹是同期，階級相同，而且是老交情了，這些事實沒有人可以否定。

龍崎沒有應話，本鄉部長接著又說。

「電話裡提到的小船是什麼？」

龍崎說明，歹徒從大森南五丁目逃走的時候，似乎是搭乘小船。

「也問到了白色動力小船的目擊情報。」

「原來如此……」

「目前指揮本部正在傾全力追查那艘小船。歹徒極有可能駕駛該小船在橫須賀的某處上岸。我們這裡也必須調查才行。」

「是。」本鄉部長對他斜對面的板橋課長說。「你聽到了，立刻安排。」

「好。」

那態度一點都不「好」，但部長的指示，板橋似乎也不敢違抗。龍崎見狀，便定下對付板橋課長的方針了。

龍崎用不著直接對板橋下指示，只要叫本鄉部長下令就行了。問題是本鄉部長能多常過來前線本部坐鎮。

現在看在部長的面子上，板橋課長不敢興風作浪，但本鄉一離開，或許立刻就會盛氣凌人起來了。有必要充分防範這一點。

接著很快地，前線本部裡的人數開始增加。不知不覺間增加到兩倍左右。他們自己帶著筆電，窗邊的桌子也擺上了無線電機器和擴音器。

前線本部的門面總算逐漸成形了。

也設了管理官席。位置還空著，但縣警本部應該很快就會派管理官過來。

看看時鐘，上午十點。要求強化人力之後過了一小時，便有了這樣的規模。暫時應該滿足了。

伊丹說調查員正在現場拚命追捕歹徒。這一點沒錯。那麼幹部就應該盡力整頓好環境，讓他們更容易行動。

龍崎右邊的島村署長站了起來，走近坐在本鄉部長對面的板橋課長，之後對板橋課長說道。

「光靠横須賀署應付不過來，必須要求鄰近警署支援。」

板橋課長點點頭，起身詢問本鄉部長的意見。

「八十人規模的話，需要再補充四十人。」

本鄉部長大方地點點頭。

「立刻安排。」

「好的。」課長伸手拿電話。

上下關係實在麻煩。但一切都看怎麼利用。如果遇上阻礙，叫本鄉部長出面解決就行了。

原來如此，伊丹把我安排在這個位置，原來背後有這樣的用心嗎？龍崎心想。

「今天上訴庭的結果會出來呢……」

本鄉部長低聲喃喃道。聽起來像自言自語，但他是在對龍崎說話。

「上訴庭……？」

「最高法院的判決。」

這是在說什麼？龍崎回溯記憶，想到了符合的案子。

「是被判處死刑，在一、二審上訴中被駁回的案子是嗎？」

「沒錯，是發生在橫濱市內的強盜殺人案。被告名叫小宮山耕吉……他殘忍殺害親子三人，是父母和十八歲的女兒。斷定是小宮山犯行的關鍵，是留在女兒體內的體液DNA鑑定。」

「這起案子，也是部長偵查指揮嗎？」

「是我當上刑事部長後的第一個案子。」

或許有什麼令他感慨良多的地方，但現在的龍崎無暇理會這些。

死刑判決確實是個沉重的問題。但那個案子可以說已經從警方的手中交出去了。只能等待上訴庭的結果。

相對地，牛丸真造的綁架案是現在進行式。

希望本鄉也專注在這個案子。但龍崎決定別說出口。

上午來了兩名管理官。龍崎安排他們和指揮本部的管理官直接連絡。這下指揮本部與前線本部終於算是獲得了有機的連結。

鄰近警署也零星派人支援，管理官們被分配成兩大班。

其中一班調查船隻。另一班則調查港灣施設附近的公共電話。

無線電傳來指示，電話響個不停，傳令人員東奔西跑，管理官大聲指示。龍崎感覺總算有了正常的氛圍。

來到正午，本鄉部長開口。

「好了，我得回去縣警本部了。接下來交給龍崎署長沒問題吧？」

刑事部長無法常駐在搜查本部或指揮本部，這是沒辦法的事。因為部長公務極為繁忙，幾乎是分身不暇。

老愛往現場跑的伊丹算起來或許是個異類。大部分的部長，頂多只會蜻蜓點水式地露個臉。

「辛苦部長了。如果有事，我會立刻連絡。」龍崎說。

他已經問到本鄉部長的手機號碼了。

部長一起身，前線本部的調查員全都起立。龍崎也起立送部長離開。

本鄉部長一離開，必然地板橋搜查一課長的權限就增加了。感覺他的嗓門變大了幾分。

龍崎決定離席去用午飯。他在前線本部的第一項任務結束了。而且他暫時不想看到板橋課長的臉。一直處在同一個空間，感覺又會發生衝突。

龍崎悄聲問島村署長。

「我想去用午飯，附近有合適的餐廳嗎？」

「有自助式燒肉、涮涮鍋和壽司吃到飽。還有，也可以去市公所的餐廳。」

「都這個年紀了，吃到飽就不必了……」

「走出警署往左走就是西友百貨，對面有家中華餐館，味道很不錯。」

龍崎決定去那裡。

「我可以帶路……」

龍崎希望至少午餐時間可以獨處，但蒐集情報也很重要。

「那就麻煩署長了。」

龍崎從午餐菜單隨便挑了道餐點。他並不是個美食家，只要是端上桌的飯菜，他都會毫無怨言地吃完。

味道不好他也不介意，就算美味，也不特別開心。食物畢竟就只是食物。

餐點上桌，龍崎開動，島村客氣地問。

「請問……聽說署長是警視長，這是真的囉？」

「當然，我是警視廳大森署的署長。」

「不，我是說階級。」

「哦，沒錯，我是警視長。」

龍崎點的是五目蕎麥麵和半份炒飯。不愧是島村推薦，味道確實不錯。

島村又問：「也就是說，署長的階級和本鄉部長一樣？」

「是這樣沒錯。」

「本鄉部長說署長和警視廳的伊丹刑事部長是同期……」

「對，也就是比本鄉部長大兩期。」

島村似乎也是特考組，他應該很清楚這代表了什麼意義。

換言之，不管現在的頭銜是什麼，龍崎都是本鄉部長的學長。特考組的期數，是一輩子都擺脫不掉的。

「聽說署長是從警察廳長官官房調為轄區署長，如果方便，可以透露一下理由嗎？」

不方便。

龍崎這麼想，但認為在這時候透露一下不會有損失。島村對龍崎感興趣。或許可以把他拉攏過來。

在客場，支持者非常重要。

「當時發生了現職警察犯下連續殺人案的醜聞，針對這起案子，我違抗了警察廳和警視廳的方針。除此之外，當時我兒子出於好玩的心態沾染了毒品，我因此遭到懲戒人事。」

島村眨著眼睛，一副不知道該如何接話的樣子。最好什麼都別說。

「這還真是……」

「到前線本部來擔任副本部長，是伊丹刑事部長的指示。」

「我認為這是很妥當的安排。」

「我可以請教幾個問題嗎？」

島村的表情顯得有些不安。

「請問。」

「板橋搜查一課長不是特考組出身，對嗎？」

「是的。」

「他和本鄉部長關係好嗎？」

「我想署長也看到了。」

「我就是看不出來，所以才請教署長。」

「如果你問關係好不好，我也只能說好。」

這個回答不出所料。

換言之，兩邊的關係說不上好。

「據我觀察，板橋課長是刑事圈的人吧？」

「對，我聽說他在刑事圈從基層一路做上來。」

「這樣的人一旦當到課長，對於不清楚第一線的特考組上司，經常會擺出批判的態度……」

「署長在這方面經歷過很多辛苦呢。」

「我並不覺得自己特別辛苦。」

「確實，板橋課長他……是啊，借用署長的話，對特考組或許有些批判。」

說得非常婉轉。

「本鄉部長對此有什麼看法？」

「本鄉部長並不當一回事。反正部長很快就要調動了。」

「是這樣嗎？」

「他在神奈川縣警本部待了很久，時候也差不多了吧。」

本鄉部長自己應該也很清楚這件事——這會對偵查造成什麼樣的影響？

有些人不在乎職位調動，做一天和尚撞一天鐘。也有人心想反正就要拍屁股走人了，虛應故事。另一方面，也有人抱著這可能是在這裡最後一次任務的心態，加倍投入。

本鄉是哪一種？有必要釐清。

「好了，也不能離開本部太久……」

龍崎說完，島村立刻回應。

「交給板橋課長沒問題的。辦案方面，他自信過人。」

看來島村署長並不怎麼欣賞板橋課長。島村署長是特考組，年紀也還輕，或許是板橋最想針對並作對的對象。

「就算辦案經驗豐富，也不一定就能當個好主管。」

聽到龍崎這話，島村露出欣慰的表情。龍崎確信：這個署長會支持我。

島村是特考組，因此待個兩、三年就會調走了。往後有可能和龍崎在同一個職場共事。比起當地的同仁，他應該會選擇站在特考組的學長這邊。

其實龍崎最痛恨這類權力鬥爭般的行徑。他希望可以不管別人怎麼想，全力破案。

龍崎是真心這麼想的。但現在他有必要正確點出敵我雙方的數目，否則將無法有效運用前線本部。

雖然荒謬，但只能去做。

龍崎懷著這樣的心思，回到橫須賀的前線本部。

12

傳令人員多次跑到管理官席。情報都集中在那裡。管理官席是本部實質上的中樞，高台上的偵查幹部活用這個中樞來指揮偵查。

「找到船主不明的小船了。」

下午兩點左右，一名管理官向板橋課長報告。

「船主不明？地點在哪裡？」

「大津港。」

「怎樣的船？」

「四人座的小船。白色的。」

龍崎對板橋課長說。

「符合大森南五丁目附近的目擊情報。」

板橋課長瞥了龍崎一眼，但沒有應聲。他對管理官說。

「徹底調查那艘船。」

「是。」

管理官回到座位，對調查員下達指示。龍崎看著，問板橋課長。

「大津港是……？」

板橋用「你連這都不知道？」的眼神看了龍崎一眼，回道。

「是市內的漁港之一。也有釣魚船等小船進出，所以就算是歹徒乘坐的船隻，也能混進其他船裡。調查員竟能從那麼多的船裡查出船主不明的船，了不起。」

龍崎點點頭。

「連絡東京的指揮本部了嗎？」

「沒有。」

「什麼？你明白前線本部的存在意義嗎？」

板橋臭著臉回應。

「我當然明白。我只是想等情報更確實之後再報告。」

「不確實也沒關係，請通知指揮本部。再怎麼瑣碎的小事，都應該逐一報告過去。」

板橋課長筆直迎視龍崎的眼睛。

「如果我認為有這個必要，自然會立刻通知。」

「不，不能全由你一個人決定。請聽從我的指示。偵查有任何進展，包括未確認的情報在內，都要逐一報告指揮本部。」

否則前線本部就沒有意義了。

板橋課長別開目光，不悅地說：「我知道了。」

「還有，以那個大津港為中心，派調查員盯住公共電話。」

「偵查的事可以交給我們嗎？」

「這話是在叫沒有偵查經驗的特考組閉嘴閃邊去嗎？」

聽到這話，板橋課長有些心虛的樣子。

「沒有人這麼說吧？我是搜查一課的負責人，平常就在指揮現場，所以才會希望署長放心交給我們。」

「我來到這裡，是為了扛起這個前線本部的責任，所以請聽從我的指示。」

板橋課長憤憤不平地看了龍崎片刻，但很快就別開目光，叫住剛才來報告的管理官。

「交代負責公共電話的班，叫他們以大津為中心調查。」

「明白。」管理官回應。

板橋課長看了看龍崎，就像在說：「這樣你滿意了吧？」龍崎沒理他，望向手上的文件。

來到這裡的期間，大森署那裡，需要署長裁決的公文應該也不斷地送進署長室。批閱的任務，只能交給貝沼副署長和齋藤警務課長了。

龍崎瞄了島村署長一眼。他每天需要批閱的公文數量，應該和自己不相上下。

島村應該也正牽掛著那邊，龍崎心想。

下午兩點二十分左右，指揮本部的田端課長來電。

「我們接到通知，說發現可疑小船……」

「是在大津漁港發現的。」

「指揮本部不用派調查員過去嗎？」

「我認為這邊的調查應該交給神奈川縣警。這就是前線本部的功用。」

「好。」

「不過，有件事想請那邊調查一下。」

「什麼事？」

「請查一下有沒有遊艇失竊的報案。」

不需要冗長地說明，田端課長似乎便當下理解龍崎的用意了。

「好的，我立刻調查。」

汽車的話，滿街都是，只要有那個意思，任何地方都可以偷到。最近雖然有各種防盜裝置，但偷車並非難事。證據就是汽車竊案層出不窮。

相較之下，弄到小船的難度就高多了。租船的數量也有限。若是有小船失竊，應該立刻就可以查到。龍崎認為或許可以循此查到綁架犯。

「後來歹徒完全沒有連絡是嗎？」

龍崎如此問，只為但求謹慎。若是歹徒來電，前線本部也可以直接以擴音器聽到對話，因此他知道後來歹徒並未來電。

他是猜想，或許歹徒會以電話以外的手段連絡。像「固力果．森永事件」時，歹徒就寄來了書信。

「沒有任何接觸。啊，請等一下。」一段沉默。「歹徒的聲音和牛丸真造議員的聲紋比對分析結果送來了。」

「結果是……？」

「不符合。歹徒的來電不是牛丸議員的聲音。」

這表示自導自演的可能性消失了嗎？不，也有可能叫別人打電話。龍崎覺得還無法妄下論斷。

「我知道了。」

龍崎正準備掛電話，田端課長卻說。

「神奈川縣警那裡今天很不平靜呢。」

「什麼意思？」

「小宮山耕吉的上訴審啊。剛才宣判死刑定讞了。那正是神奈川縣警的案子……」

「這麼說來，本鄉刑事部長也提到這件事。但前線本部很穩定。」

「這樣啊。」

「伊丹今天沒去本部嗎？」

「部長上午來過一次，但下午就離開了。」

「好，我會再連絡。」

「再見。」

電話掛斷了。

板橋課長問龍崎。

「小船失竊？」

好像是聽到龍崎剛才在電話裡提到的事。

「只要查出弄到小船的途徑，或許可以循此查到綁匪……」

「歹徒有可能是用自己的船。」

「這也應該調查一下。但如果細查每一艘船的持有人，可能會拖太久。」

「這我知道。船也有可能是租的。擄人的時候，用的不就是租車嗎？」

「指揮本部當然應該也在追查這條線。我只是請他們除此之外，也查一下失竊船隻而已。」

「如果船是在神奈川縣內弄到手的話，兩三下就可以查出來了。」

有自信是好事，但信口開河就要不得了。

「警視廳也是一樣。」

這時，管理官席一下子慌亂起來。

「歹徒來電！」

管理官呼喊。調查員都跑到擴音器前，龍崎等偵查幹部也都起身走到擴音器附近。

歹徒的聲音傳了出來。

「以下是我的要求。」

下平係長的聲音回應。

「在這之前，請讓我們確定牛丸議員平安無事。」

「牛丸議員還活著。但端看你們如何回應，議員的下場，我可不敢保證。」

「先讓我們知道他平安，然後再談。如果牛丸議員已經遇害，我們就沒什麼好談的了。」

下平係長轉守為攻了，龍崎想。

不是焦急，而是要掌握談判的主導權。下平係長是談判專家，應該不會誤判情勢。

「以下是我的要求。」

歹徒發出無機質的聲音，其中沒有任何感情。

「釋放小宮山耕吉。」

聆聽對話的眾調查員顯然一陣譁然。龍崎也大吃一驚。

下平係長四平八穩地應對。

「你是指死刑判決定讞的小宮山耕吉？」

歹徒重複。

「釋放小宮山耕吉。我會再連絡。」

電話掛斷了。

管理官席傳出聲音。

「反偵測呢？」

手持話筒的調查員回應。

「通話時間太短了。」

「上次是橫須賀市內的公共電話，」管理官說。「這次呢？」

「好像一樣是橫須賀市內打來的。」

龍崎開口。

「安排在大津港周邊的調查員呢？」

另一名管理官回應。

「沒有報告。似乎沒有發現疑似歹徒的人物。」

「尋找目擊情報。」

「是。」

板橋課長神情凝重地沉思著。龍崎對他說：「你在想歹徒的要求嗎？」

板橋驚覺回神，看向龍崎。

「釋放死刑犯？這太扯了……」

「歹徒的要求，由指揮本部去思考應對之道。我們則必須盡好前線本部的本分。」

「小宮山案是神奈川縣警的案子。」

語氣很嚴肅。也許板橋也參與了辦案。

「只要找到歹徒，予以逮捕，就沒必要理會他的要求。好了，去做該做的事吧。」龍崎說。

歹徒應該就在前線本部附近。前線本部的設立就是為了逼近歹徒。憑警視廳加上神奈川縣警的組織力，不可能無法揪出歹徒。

為了讓板橋把心思集中在案子上，龍崎對他說：「起初歹徒沒有提出任何要求，因此也有人質疑或許是牛丸議員自導自演。」

「自導自演……？」

板橋似乎被引起了興趣。他對辦案經驗極有自信，偵查情報對他來說，果然最具吸引力。

「沒錯。懷疑是議員殺害司機，偽裝成遭人綁架……」

板橋的眼睛恢復了生氣。他開始動腦了。

「但這樣一來，目的就變成殺害司機，議員有這方面的動機嗎？」

「不，完全沒有。然後聲紋比對結果，歹徒的聲音和議員並不吻合。」

「既然如此，就不可能是自導自演呢。而且這次的電話，歹徒也明確提出要求了。」

「是啊……」

龍崎只能含糊地應聲。

此時龍崎的手機震動了。是伊丹打來的。

「歹徒好像提出要求了。」

龍崎一邊接電話，一邊返回幹部席。

「他要求釋放死刑犯。」

「是今天上訴審結果出來的死刑犯呢。」

「你在哪裡？」

「我正要去指揮本部。這下歹徒的要求就很明確了。或許可以從死刑犯的周邊鎖定歹徒身分。」

「這可難說……」

「歹徒一直沒有提出任何要求。我認為就是在等上訴審的結果。」

龍崎思考之後，謹慎地開口說。

「當然有這個可能性，調查這條線是應該的。但也有可能不是這樣。」

「什麼意思？」

「歹徒難以決定要提出什麼要求。然後他看到今天的死刑判決新聞，決定拿這個當做要求……也有可能是這樣。」

「這太荒謬了……綁匪的手法完全是精心計畫好的，要求不可能如此漫無計畫。」

「總之，這交給指揮本部判斷。」

「也就是叫我判斷嗎？」

「你是刑事部長，這是當然的。」

「我可沒有釋放死刑犯的權限。」

「我當然知道。所以這已經是政治問題了。我們只能聽從政府的方針。」

「簡直是日本赤軍事件的惡夢重演呢。」

「你說超法規措施嗎……？」

一九七五年，日本極左派武裝恐怖組織赤軍攻擊並占領了吉隆坡的瑞典大使館及美國大使館，挾持美國領事等五十二人做為人質，要求釋放正在服刑及拘留中的七名赤軍成員。

此外，一九七七年，日本赤軍亦劫持了從停靠地印度孟買起飛的日航班機。由於歹徒強制班機飛往孟加拉的達卡著陸，故被稱為達卡事件。

此時赤軍也要求釋放服刑及拘留中的九名赤軍成員。

前者發生在三木武夫內閣時期，後者發生在福田赳夫內閣時期。兩起事件，政府都採取了超法規措施，聽從恐怖分子的要求，釋放了服刑及拘留中的活動分子。

「世界情勢和當時已經不同了。自從美國向恐怖分子宣戰後，絕不聽從恐怖分子的要求，已經成了全世界的共識。所以我認為這次政府絕對不會理會歹徒的要求。這下棘手了……」伊丹說。

「少說洩氣話了。沒必要聽從歹徒的要求。只要救出人質，逮捕歹徒就行了。」

「你就是這麼單純，真羨慕……」

「警察的職責單純明快。」

「等我到了指揮本部，知道了什麼新事證，再連絡你。」

龍崎掛斷電話收進口袋時，響起一道口令：「起立！」在場所有的人都站了起來。

是本鄉部長駕到。他來到幹部席，對龍崎說。

「我聽說歹徒要求釋放小宮山耕吉。」

「是的。」龍崎點頭。

「開玩笑！」本鄉部長難掩激動。「他兩次上訴的時候，我都覺得這傢伙怎麼有臉如此。好不容易判刑定讞了，豈能讓他就這樣逍遙法外？」

「部長請冷靜。」龍崎說。「我剛和伊丹談到此事。事情尚未確定如何。」

「不管怎麼樣，都絕對不可能釋放小宮山。我絕對不允許。」

本鄉部長從一開始就參與該案，付出的感情也更強吧。

必須先讓本鄉部長冷靜下來才行。

在客場的前線本部，不僅要控制住處處作對的偵查幹部，還得安撫部長的情緒嗎……？真是，一個頭兩個大。

龍崎內心嘆息。

13

「在這個緊要關頭，更必須冷靜進行偵查才行。」

龍崎勸諫本鄉部長。

本鄉板起臉。

「用不著你說。可是，到底要從何偵查、如何偵查才好？牛丸議員和歹徒依然行蹤不明，連議員是否平安都不確定。」

本鄉部長為歹徒的要求大動肝火。萬一因此誤判情勢，將不可挽回。部長可以一槌定音。因為前線本部沒有人敢於以下抗上。不管怎麼樣，都必須要本鄉部長冷靜下來才行。

龍崎開口：「在大津港找到了疑似歹徒載走牛丸議員的小船。這應該會是一大線索。」

「大津港……？」

本鄉部長看著龍崎。他的眼神逐漸恢復冷靜了。辦案有進展，是最好的定心丸。

「調查員正在調查該小船。同時也在調查歹徒是如何弄到那艘小船的。」

本鄉部長問板橋課長。

「有沒有什麼消息？」

板橋課長回答。

「還沒有。但應該很快就有消息進來了。」

龍崎繼續說明。

「歹徒應該是從大森南五丁目和牛丸議員一起乘坐小船，在大津港靠岸。然後從橫須賀市內打電話來……我認為歹徒應該潛伏在大津港周邊。目前我派調查員集中監視大津港周邊的公共電話。」

本鄉部長坐了下來。

龍崎也決定坐下。板橋課長依然站著。

「絕不能讓小宮山被放出去。必須在那之前找到歹徒，將他逮捕歸案。」

本鄉部長如此宣言。

在場每個人都如此希望。但龍崎認為重新由部長宣示出來，意義重大。因為可以提振調查員的士氣。

板橋課長開口。

「是否有必要調查小宮山案的相關人士？」

本鄉部長看向板橋課長。

「小宮山案的相關人士？」

板橋終於坐下來了。

「既然要求釋放小宮山，當然也應該考慮歹徒和那起案子的關聯。」

「具體來說，像是哪些關聯？」

「小宮山的親人或支持者。其中應該有些偏激的廢死分子……」

本鄉部長聞言問龍崎。

「你認為呢？」

龍崎坦白說出自己的想法。

「我認為可能性極低。」

板橋課長露出充滿反感的眼神。自己的看法被否定，讓他覺得很不是滋味吧。

本鄉部長問：「根據是什麼？」

龍崎回答：「直到小宮山耕吉的死刑判決定讞結果報導出來前，歹徒都完全沒有提到小宮山案。與其說是對此案感興趣，感覺更像是重視此案受到社會關注的程度。」

板橋課長對龍崎說：「你這番意見只是猜測吧？」

龍崎點頭。

「沒錯。但我認為是可能性極高的猜測。」

「既然歹徒提到小宮山案，調查小宮山身邊的人，不是天經地義的事嗎？」

龍崎的真心是不想把寶貴的辦案人力浪費在無意義的事情上，但如果現在說出來，只會讓討論陷入死胡同。這才是浪費時間。

處理綁架案必須分秒必爭。龍崎說道。

「好的。但請派幾名調查員就好。現在要以小船的調查為優先。」

板橋課長強勢地回應。

「要派多少人去進行什麼調查，由我決定。」

龍崎看向本鄉部長，希望他定奪。本鄉部長似乎也察覺龍崎的視線，尋思了片刻，接著說：「小宮山案就交給板橋課長處理。」

本鄉部長似乎無法對板橋課長擺出強硬的態度。

原來如此，之前島村署長難以啟齒的，就是這種關係嗎？龍崎心想。

本鄉部長似乎無法全盤掌控板橋課長。板橋這種類型，比起職位或階級，更重視實務，並且對自己的能力自信十足。

他肯定認為論偵查能力，自己遠比本鄉部長優秀太多，同時也不怎麼隱藏這樣的心思吧。

站在本鄉的立場，肯定難以辦事。雖然地位比較高，但他應該也對板橋的偵查能力予以肯定。

好吧，隨他愛怎麼做。但前線本部必須確實發揮功能。

正當龍崎這麼想，一名管理官出聲了。

「查到小船的主人了！」

傳令人員立刻趕來，遞出便條。板橋課長接過便條讀出來。

「倉持勳，五十四歲。連絡住址是東京都澀谷區……」

本鄉部長問：「職業是什麼？」

「是建商老闆。」

龍崎說：「立刻通知指揮本部。」

板橋課長說：「當然。東京都內的事就交給那邊。」

這說法令人介意。

板橋還在計較警視廳和神奈川縣警的地盤之別。這種心態，指揮本部和前線本部無法合作無間。

人的想法難以一時半刻就扭轉過來。既然如此，只能妥善運用現在能夠指揮的人才。

龍崎開始嚴肅思考該怎麼做才好。

四名調查員奉板橋課長的指示，前往搜查本部調查死刑犯小宮山耕吉的身邊人士。

龍崎見狀心想，四個人的話，睜隻眼閉隻眼也行。原本他只想撥出兩名人力的。

「我去打一下電話。」

龍崎向本鄉部長告罪之後，離開幹部席。

他來到走廊，確定四下無人。一旦搜查本部等成立，這個樓層就變成記者止步了。

龍崎掏出手機打給伊丹。

「龍崎嗎？怎麼了？」

「你在指揮本部？」

「對。」

「你聽說查到小船主人了嗎？」

「聽說了。也確定船主報案失竊了。」

「報案失竊？」

「星期四接到報案的。」

「星期四的話，是案發前一天吧？派人去找本人問話了嗎？」

「剛查到他的住址和上班地點而已，調查員正要過去。」

「讓我指定負責人。」

「什麼意思？」

伊丹的聲音顯得困惑。

「讓我指定的人負責這件事。」

「但調查員就要動身了。」

「馬上喊停。」

「等一下，我跟管理官說。」

龍崎等了一會兒。沒多久再次傳來伊丹的聲音。

「你說要你指定的調查員負責？有什麼必要這麼做？」

「派那個人去辦，或許可以讓指揮本部和前線本部的連繫變得圓滑一些。」

「莫名其妙。你要誰去辦？」

「有個叫瀨尾的警部補。」

「瀨尾……？」

「從神奈川縣警借調到警視廳的調查員。」

伊丹沉默了一下。他在思考。龍崎決定等他開口。不久後伊丹說了。

「原來如此，是這麼回事啊……真是高招……」

「我可是想破了頭。」

「……這表示你在那裡舉步維艱？」

「沒辛苦到哪裡去，只是有很多地方需要斟酌。」

「這就是一般人說的辛苦。」

「叫瀨尾負責。你來下令，應該就辦得到吧？」

「不勞搬出命令，向管理官提點一下就行了。」

提點……？有權力的人才能老神在在地說這種話。

「總之交給你了。」

「我還沒收到小船的鑑識結果。」

「這種事不要我來報告，叫你那邊的管理官打電話給前線本部的管理官就行了。」

「說的是。好，我會這麼做。」

龍崎掛了電話。

回到座位，管理官席一片鬧哄哄。

「出了什麼事嗎？」龍崎問本鄉部長。

「小船裡好像找到了血跡。」

「血跡……？量呢？」

「只有一丁點。」

「……這表示很有可能不是牛丸議員的血呢……」

如果歹徒在船上傷害了牛丸議員，流的血應該不可能只有一丁點吧。

「應該是歹徒殺害司機時沾到的血，又抹到船上吧。目前正在火速確認。

鑑識人員說或許有辦法從血跡上採到指紋。」板橋課長說。

對調查員來說，指紋就像是一種信仰。從指紋查出身分的例子實際上並不多，因為若是不符合資料庫裡既有的指紋，就沒有意義了。

但還是有助於判別是否為本人。在後來的審判具備極高的證據能力。

因此一聽到有指紋，調查員就會覺得彷彿看見了希望之光。變得積極振奮並不是壞事。

鑑識表現得很好。但聽說結果尚未通知給指揮本部。龍崎原本想說幾句，但決定作罷。

指揮本部的管理官應該很快就會要求告知結果。

以瀨尾為中心的指揮本部的調查員會去拜訪小船的船主倉持動。調查他的親友之後，應該會找到線索。

感覺原本漫無邊際的偵查範圍正在逐步縮小。

「已經過了二十四小時……」

板橋自言自語地說。

龍崎很清楚這句話的意思。綁架案發生後，只要超過二十四小時，肉票的生存機率就會大幅下降。

因此才會說綁架案必須在二十四小時內決勝負。但並非所有的案子皆是如此。

二十四小時是關鍵的案子，主要是牽扯到性犯罪的綁架。歹徒為了滿足性欲而擄人，強暴後殺人。

龍崎對板橋說道。

「我認為這次的案子不符合這個基準。」

板橋狠瞪過來。

「為什麼？這是綁架案，條件是一樣的。而且歹徒已經殺死司機了。」

「我認為司機遇害，是某些差錯。」

「差錯……？」

「為了綁架議員，歹徒做了完美的計畫。他偷了小船，租了車，準備得滴水不漏。我認為這樣的計畫性與司機遇害相當衝突。」

「殺人就是殺人。」

「我的意思是，不能錯估歹徒形象。」

板橋課長以挑釁的口氣問：「那署長心目中的歹徒形象是怎樣？」

「從印象來看，對歹徒來說，執行計畫比一切都要來得重要，其他的都是其次。」

「其他的都是其次……？」

「對。歹徒打來第一通電話的時候，並未要求金錢財物。這在綁架勒贖案裡是難以想像的事。」

「不是已經清楚歹徒的目的不是錢了嗎？歹徒要求釋放小宮山。」

「第一通電話歹徒就不是打到議員辦公室，也不是住家，而是打給警方。然後一開始我們要求各家媒體自制，不要報導，歹徒卻要求讓案子曝光。」

板橋課長開口。

「所以怎樣？結果他還是提出要求了。」

「要求釋放死刑犯，總覺得這是後來才附加上去的。」

「後來才附加上去的……？」

「這我剛才也說過了，歹徒是在死刑判決定讞躍上媒體版面之後，才提出釋放要求。」

「所以結論是什麼？」

「歹徒一開始的要求，是叫警方讓媒體報導綁架案。換句話說，歹徒最為重視的，就是媒體。」

在一旁聆聽的本鄉部長發出低吟。

「劇場型犯罪嗎……？但是在現階段，不能如此斷定。」

「沒錯。」部長的一句話助長了板橋課長的氣勢。「有可能歹徒從一開始的目的就是讓小宮山被釋放。」

「當然有這個可能性。但如果是這樣，不覺得綁架應該要等到死刑定讞之後再執行才對嗎？」

板橋課長倒抽了一口氣。本鄉部長沒有出聲。

一直保持沉默的島村署長開口。

「仔細評估案情經緯，我也認為龍崎署長剛才的分析極有道理。」

板橋課長卻說：「我會參考。但龍崎署長的分析完全只是理論。單朝這個方向偵辦，風險太大了。」

當然是理論。但顯而易見，理論非常重要。沒有理論也毫無推論，像無頭蒼蠅般辦案，也不會有效果。

有個成語叫「紙上談兵」，龍崎認為這多半用在邏輯驗證不足的情況。不過現在也不能採取過於強硬的態度。幸好島村署長幫了腔，這應該可以讓板橋課長多少考慮一下。

「板橋課長說的沒錯，風險必須極力避免。先等去調查小宮山案的調查員回來報告吧。」龍崎說。「但沒有時間了。案子是現在進行式，必須盡快營救出牛丸議員。」

龍崎打算用這句話結束討論。板橋課長應該也是相同的想法。他離開去洗手間。

結果本鄉部長開口了。

「方便說句話嗎？」

龍崎以為他有所埋怨。

「什麼事？」

「如果是劇場型犯罪，署長認為接下來歹徒會如何行動？」

看來本鄉同意龍崎的說法了。只是礙於板橋的面子，不好過於支持龍崎的樣子。這樣的顧慮，有可能拖累偵查的步調。

龍崎回應。

「歹徒的目的是成為話題人物。不只是媒體，我想他在網路世界也已經成了個大紅人。這種人的行動很簡單，他們會不斷地做出勁爆的發言和行動。」

「要求釋放死刑犯，能充分引發社會輿論的迴響是嗎？」

「現階段確實如此……」

「署長認為，歹徒有可能為了震驚社會，而殺害牛丸議員嗎？」

龍崎覺得這個問題必須謹慎回答。

「這要看歹徒的計畫。要看他打算以什麼樣的形式讓事件落幕。這完全是我個人的意見，我認為歹徒並不打算殺害牛丸議員。如果他打算殺人，計畫應該會大不相同才對。」

「但就像板橋課長說的，歹徒不是已經殺害司機了嗎？」

「應該是發生了某些歹徒意料之外的狀況吧。」

「例如什麼樣的狀況……？」

「歹徒原本預期只要持刀威脅，司機就會乖乖就範……沒想到遭遇到意外的反抗，結果不得不加以殺害，或不慎失手殺害……」

本鄉部長點點頭。

「殺人意外地很多都是這樣的經緯。落網的嫌犯，許多都聲稱他們原本並不打算殺人。」

「但不可以妄加揣測。即使歹徒現在不打算殺害牛丸議員，也有可能再次發生不測的狀況，導致他痛下殺手。」

本鄉正要開口時，板橋課長回來了，本鄉就此打住發問。

14

「負責分析監視器的小組有報告上來了。」

一名管理官走向幹部席，看起來有些激動。肯定是好消息。

「是設置在大津港附近的折扣商店裡的監視器畫面，在歹徒來電的時間前後，拍到同一名人物。」

「有畫面嗎？」

管理官遞出平板。

「剛剛收到了。」

在過去，這種情況只能使用傳真，但現在不勞沖洗照片，當場就可以傳送圖片。真是方便太多了。

以本鄉部長為首的偵查幹部都探頭看螢幕。截圖是黑白的。人物穿著深色夾克和牛仔褲，十分普通。

鴨舌帽壓得極低，看不到臉。

類似的截圖共有十二張。右上方印有時間日期。管理官說明：

「昨天十五點左右、十七點左右、二十一點左右，以及今天十四點半左右，各有三張截圖。換言之，該名人物在歹徒來電的時間前後，都出現在這台監視器的地點。」

板橋問管理官。

「那家折扣商店有公共電話嗎？」

「沒有。」

「那麼，這個人在那個時間出現在監視器附近，不會只是碰巧嗎？」

龍崎插口。

「不，時間如此吻合，不可能是碰巧。這個人應該就是嫌犯。」

本鄉部長說：

「可是沒拍到臉……」

確實，臉被帽簷遮住，截圖上完全看不到長相。但看起來和駕照上的人仍然不同。租車是找別人幫忙租的嗎？

「有目擊情報嗎？」

板橋課長問管理官。

「目前沒有這個人的目擊情報。」

「他應該買了什麼東西。問過結帳人員了嗎？」

「當然。他好像買了水和食物，但因為班表的關係，有些員工和打工人員現在未值班，所以還沒有問完所有的人。」

「查出每一個結帳人員的所在，火速問出證詞。」

「明白。」

龍崎沉思起來。折扣商品店沒有公共電話。那麼歹徒是從哪裡打電話的？他問管理官。

「大津港一帶的公共電話在哪些地方？」

「我用地圖說明。」

管理官移動到牆上的大地圖旁。龍崎望向那裡。本鄉、板橋和島村也一樣看著地圖。

「這裡是大津港。」管理官指著地圖。「離大津港最近的公共電話是京急大津站。再來是縣道二〇八號線沿線的超商。然後是隔壁的堀之內站，和車站旁的超商。再來是馬堀海岸站、縣立大學站附近的超商、距離這裡五分鐘的安浦第二公園前，近旁的超商一樣也有公共電話。雖然有點遠，京急久里濱線的北久里濱站旁邊，也有四台公共電話。」

管理官伸手指出各個地點。

龍崎開口。

「接電話的ＳＩＴ係長說，電話裡沒有車聲。這表示電話不在交通繁忙的馬路旁。」

管理官看著地圖說。

「那麼，或許可以剔除離大津港第二近的超商這台電話。」

「京濱急行電鐵抵達大津港的頻率有多高？比如說，如果十五點左右有班次的話……」

管理官滑動並點了幾下手上的平板，向眾人報告。

「下行列車是三分、十三分、二十三分、三十三分、四十三分、五十三分……上行列車是二分、十二分、二十二分、三十二分、四十二分、五十分……各班相隔十分鐘。」

「不是高架，是平交道對吧？」

「是的。」

「那麼，每次有列車到站，應該都會有平交道的警鈴聲和月台廣播聲才對吧？」

「是呢……」

龍崎點點頭，取出手機，打到指揮本部。

連絡人員接了電話，他問SIT的下平係長是否能接聽電話。

電話進入保留，很快就被接聽了。

「我是下平。」

「我是龍崎，我有事要跟你確定。」

「什麼事？」

「歹徒來電的詳細分析結束了嗎？」

「第一通電話剛分析完畢。」

「是昨天十五時左右的來電吧？」

「是的。」

「來電的精確時間是幾點幾分？」

「根據通訊指令中心的記錄，是十五點一分接起電話的。」

「通話全部錄音下來了嗎？」

「是的，通訊指令中心錄音了。後來的通話則是本部錄音。」

「背景有沒有什麼特別值得注意的聲音？」

「沒有。我認為這反而是一大特徵。電話似乎在安靜的地方。」

「歹徒疑似乘坐小船在大津港靠岸。」

「是的，我聽說這件事了。」

「大津港附近，京急線的車站有公共電話。然後大津站的話，十五點二分有上行列車、十五點三分有下行列車到站。這時應該會聽到平交道的警鈴聲或月台廣播聲才對。」

「至少大津站應該可以除外。」

龍崎按著手機，問管理官。

「堀之內站十五點左右抵達的列車有哪些？」

管理官立刻回答。

「上行四分，下行十五點整，以及二分、十一分。」

龍崎直接轉達給下平。下平說：

「堀之內站應該也可以除外。站前人都滿多的，電話背景應該也可以聽到人聲才對，但完全沒有這類聲音。應該是更安靜的地點。」

「我知道了。還有一件事。」

「請說。」

「你直接和歹徒交談過，我想知道你對歹徒的印象。」

「還不到可以進行側寫的階段。」

特殊班也受過犯罪側寫的訓練。

「大致上的印象就行了。」

「和接到第一通電話時說的差不多。」

「我記得你說你覺得歹徒性情急躁，應該接受過高等教育？」

「當時署長說我自己的印象就行了，因此我如此陳述。」

「你和歹徒交談過幾次，但這樣的印象依然沒有改變，是嗎？」

「是的，可以這麼說。」

「我知道了。十七點以後的歹徒來電，也請留意背景音。」

「好的，一有結果，我會立刻連繫。」

龍崎掛了電話，對管理官說。

「至少在歹徒的第一通來電中，聽不到平交道警鈴聲或月台廣播聲。」

板橋課長問龍崎。

「署長剛才在跟誰講電話？」

「SIT的係長下平。」

「這種事希望可以交給現場人員處理。」

「我現在也在現場，換言之，我就是現場的一分子。我發現什麼，就會直接說，也會直接做。」

板橋露出掃興的表情來。

那種態度教人惱火，但必須按捺下來才行。

經驗豐富、辦案能力優秀、帶著自信與驕傲任事的非特考組，才是警察的原動力。這一點完全沒有錯。

但並不是說就可以不把長官放在眼裡。警察的上情下達不是說好玩的。這是有效驅動組織的策略。

世上最有效率的組織就是軍隊。不管任何人說什麼，這都是確鑿的事實。必須說，警察也是類似軍隊的組織。因為它追求的就是將達成目的的能力極大化。

並不是說龍崎認為警方也應該具備軍事能力。每次談到這個話題，就會有人偷換概念。龍崎只是純粹地考慮到組織的效率。

上情下達，迅速調動大量人力。只是在這一點十分類似罷了。

現場的經驗與能力固然很重要，但若是對運用指揮的人心存反感，警察組織就無法成立。

管理的一方也有問題。

絕對不能被現場人員輕視。為此必須累積身為管理者的訓練，持續進修。

沒必要對偵查能力的不足感到自卑，因為管理者只要具備管理能力就夠了。

在體育世界也是如此，名教練不需要是名選手。

在這方面，龍崎也有許多話想要對本鄉部長說。但現在沒空討論這些。

龍崎決定只提醒板橋課長一句話。

「現在我是警視廳底下的轄區署長，但或許哪一天會調到神奈川縣警來，成為你的頂頭上司。警察就是這樣的組織。請別忘了這件事。」

板橋課長沒有吭聲。

龍崎問管理官。

「剛才你點出的公共電話當中，環境最安靜的是哪一台？」

管理官盯了地圖半晌。片刻後，他說道。

「應該是安浦第二公園前面的公共電話。在京急縣立大學站徒步約五分鐘的地方。」

「假設歹徒是從那裡打電話，有可能聽不到平交道或行車聲是嗎？」

「應該聽不到。公共電話的話筒使用的麥克風具有很強的指向性，原本就不太會接收到周圍的聲音。」

龍崎對本鄉部長說。

「把調查員集中到那台公共電話附近，讓他們帶著監視器畫面截圖，四處打聽看看如何？」

本鄉部長問板橋課長。

「課長覺得呢？」

不用問部下感覺如何，直接下令就對了。龍崎這麼想，但目前還是按兵不動。

板橋課長回道。

「我覺得可行。」

管理官聽到這話，立刻對調查員做出指示。

我是否鋒芒過露了？

龍崎檢討自己的行動，結論是：這都是必要的。

現在不是看板橋課長臉色的時候。必須救出牛丸議員才行。所以得盡速查出歹徒的所在。

接下來好一段時間，都沒有值得一提的報告，只有時間分秒流逝。

下午四點左右，外出的調查員回來了，向管理官進行報告。是前往調查小宮山案的四名調查員裡的兩人。

管理官對板橋課長說。

「小宮山那邊似乎有進展。我想讓調查員直接報告……」

本鄉部長聞言說：「過來這裡報告。」

兩名調查員來到幹部席，一臉緊張地開始報告。

「小宮山耕吉有個小十歲的弟弟，小宮山英二，三十八歲，一直以來似乎進行各種活動，設法讓哥哥減刑，但約半年前就銷聲匿跡了。」

板橋課長問。

「銷聲匿跡是什麼意思？」

「住家公寓房租遲繳，就這樣丟在那裡半年之久。」

「其他親人呢？」

「小宮山在東京沒有親人，在山形好像有遠親，但案發後似乎立刻就斷絕了關係。」

「如果在從事請求減刑的活動，應該會和律師連絡才對。」

「和律師也在大概半年前就沒有連絡了。」

板橋課長鼓足了勁說道。

「好，追查小宮山英二的下落。需要的話，派人支援。」

「遵命。」

兩名調查員再次離開本部了。

龍崎有了一股強烈的危機感。他有種說不上來的不自然感覺，卻無法訴諸言語。

管理官再次對板橋課長說。

「指揮本部來電，去找小船船主的調查員有報告了。」

板橋課長順勢回應。

「有什麼值得一聽的情報嗎？」

「報告的調查員是瀨尾。」

「瀨尾？那個瀨尾嗎？」

「是的，借調到警視廳的瀨尾。」

「這樣啊，原來他加入指揮本部了？」

板橋課長的表情瞬間緩和了一下，看似放下心防。龍崎慶幸自己建議派瀨尾負責這件事。

「然後呢……？」板橋課長問管理官。「他說什麼？」

「小船的船主倉持勳，感覺這個人一查下去，問題不小。」

「什麼意思？」

「他是建商老闆，但似乎和黑幫掛勾。東京和神奈川縣的黑道在走私毒品的時候，不是都會開小船和停泊在海上的外國船隻會合嗎？倉持好像曾經蒙上嫌疑，把小船拿來從事這類勾當。」

聽到這話，龍崎吃了一驚。

板橋課長更加起勁。

「那麼，這表示黑道分子頻繁使用他的船？」

「會是這樣呢。」

板橋課長對龍崎說道。

「有必要立刻調查是哪個幫派的什麼人用過那艘船。殺害司機的手法，也很類似黑幫的手法。」

龍崎沒有開口。

危機感、扞格的感覺都愈來愈強烈。他感覺偵查朝不相干的方向擴散出去了。

這樣下去不行。龍崎難得有些慌了。

「這部分的調查，警視廳會負責吧？」

板橋課長問道，龍崎正想回答，手機震動了。

是女兒美紀打來的。

「怎麼了？」

「爸，抱歉打擾你工作。媽叫我不可以打電話，可是……」

「出了什麼事嗎？」
「聽說邦彥被救護車載走了……」
「救護車……？」
龍崎呆掉了。

15

「怎麼回事？」龍崎問電話另一頭的美紀。「邦彥被救護車載走……？」
「詳細情形還不清楚。考試會場打電話來……」
「什麼時候的事？」
「剛才……」
「你在家嗎？」
「嗯。」
「你不用上班嗎？」

「今天星期六啊。」
都忘了。在搜查本部或指揮本部專注於辦案，就會忘了今天星期幾。
「你媽呢？」
「去醫院了。她說知道狀況後會連絡，叫我先不要跟你說……」
「不知道為什麼被救護車送醫嗎？」
「邦彥昨晚不是發燒了嗎？有可能是又燒起來了。」
「只是發燒，需要驚動救護車嗎？」
「這我就不知道了……」
美紀整個人六神無主，所以才會打電話。她也一樣不清楚詳情。她在等母親的連絡。因為太不安了，忍不住想打電話給父親吧。或是她認為應該通知父親一聲。
就算現在追問美紀，也問不出什麼名堂。該做的事只有一件：讓她放心。
「你先冷靜下來，等你媽連絡。」
「我很冷靜，沒事的。」

「是哪家醫院？」

美紀說出位在目黑區大橋的醫院名稱。考試在東大駒場校園舉行，所以救護車將他載到附近的急救指定醫院吧。

「好，瞎操心也沒用。視情況或許需要住院，你先準備一下需要的物品。」

「好。」

「交給你了。」

龍崎掛了電話。

美紀的來電，讓龍崎忘了先前本來在想什麼。他想要整理思緒，卻坐立難安。

記得是說到小船的船主和黑道掛勾，小船可能用來進行毒品交易……

龍崎想把腦袋切換到工作模式，卻無法專注。這種時候，必須逐一把問題解決掉才行。

龍崎直接用手上的手機打給妻子冴子。

鈴響了五聲，冴子接了電話。

「是我。」

「美紀果然打給你了。都叫她別打擾你了……」

「兒子都被救護車送醫了，沒有不通知父親的道理吧？」

「我本來打算知道詳情後，再由我連絡你的。」

「你現在在哪裡？」

「快到醫院了。」

「瞭解狀況後，立刻通知我。」

「當然。」

「再見。」

掛斷電話後，龍崎感覺到來自周圍的視線。本鄉部長、板橋課長，還有島村署長，三個人都盯著他看。

龍崎依序看了看他們。

「怎麼了？」

「抱歉，雖然好像是署長的私人電話……」本鄉部長說。「不過我聽到令郎被救護車送醫……？」

龍崎自以為壓低了音量，但還是被聽見了。

「還不清楚狀況。」

「署長回家一趟怎麼樣？」

龍崎大吃一驚。

「怎麼可能……？我不能拋棄職務。」

龍崎完全沒有回家這個選項。救出牛丸議員，是現在的第一要務。

本鄉部長表情嚴肅地說道。

「但家人另當別論吧？」

「沒錯，另當別論。所以家裡的事我都交給內人。」

本鄉部長一臉匪夷所思地盯著龍崎。

為什麼用那種表情看我？龍崎反而感到不可思議。家人的問題交給妻子，而我做我該做的事，這不是天經地義嗎？龍崎這麼想。

本鄉部長又說。

「但署長一定很擔心吧？」

「當然擔心。但即使我回家，也沒有任何幫助。」

本鄉部長露出更無法理解的表情。

龍崎這話絕非爭強好勝，而是百分之百的真心話。

他不可能不擔心兒子邦彥。當然也擔心他的身體狀況，更憤恨居然在這種節骨眼出狀況。今天是考試第一天，科目應該是是國語和數學，明天也有地理歷史和英文考試。

但想這些也沒用。如果不清楚狀況，也無從判斷。既然如此，他應該去做現在能夠做的事。

「倉持那邊，由指揮本部的瀨尾負責，監視器畫面和公共電話我們會調查，所以就算署長不在這裡也沒有問題。」板橋課長說。

聽到這話，龍崎切換了思緒。

想起來了。是小船和黑道的事。龍崎問板橋課長。

「黑道利用倉持的小船進行毒品走私，這件事經過查證嗎？」

板橋課長的表情忽然不安起來，但隨即恢復強勢的態度。

「當然接下來才要查證，但這條線確實應該追查。」

「報告說，倉持這個人感覺一查下去，問題不小？」

「瀨尾是這麼報告。」

「但也可以說，他這個人並沒有受到調查，也還沒有任何問題，是嗎？」

儘管不明顯，但板橋課長有些不悅地皺起眉頭。

「請不要玩弄文字遊戲。」

「這不是文字遊戲。我希望可以火速查證事實。」

然後盡快承認是撲了空。龍崎這麼想，但決定不全部說出來。

板橋課長回道。

「當然，現在應該正在查證。所以署長不必在意這邊，回家如何？」

那副口氣，完全就是急於擺脫他這個麻煩。

龍崎看看時鐘。就快下午五點半了。

「還不到下班時間。我希望能在今天以內救出牛丸議員。」

「我們也是一樣的。」

「我可以直接跟瀨尾通話嗎？」

板橋課長看本鄉部長。那表情在說：治一下他好嗎？

本鄉部長轉向龍崎。

「有這個必要嗎？搜查幹部沒必要直接和調查員連絡……」

非得逐一說明才行嗎……？

龍崎覺得彷彿在泥淖中掙扎前進。

「我認為有必要。如果是命案偵查，或許應該放手讓調查員發揮，細膩地偵查，但我強調過許多次，綁架案是現在進行式。」

本鄉部長似乎難以決定。於是板橋課長開口。

「我已經再三要求，現場的事應該交給現場。」

龍崎反駁。

「我現在也是現場的一分子。」

他不打算在這時候妥協。他必須確認瀨尾實際上知道哪些事、又有哪些事只是推測。

本鄉部長命令管理官。

「照龍崎署長的話做。」

板橋課長顯然對這話很不滿。

片刻之後，管理官席傳來聲音。

「瀨尾在線上。」

「我是龍崎。」龍崎接起附近的話筒。

「聽說署長找我……？」

「我想問你小船的船主，倉持的事。」

「是。」

「聽說他和黑道掛勾，這件事確實嗎？」

「是的。他多次和某個黑幫成員一起去釣魚。」

「是指定團體的成員嗎？」

「好像是坂東聯合旗下的白手套公司。表面上是不動產商……」

「等一下。」龍崎蹙眉。「那家不動產是黑道的白手套公司……？你說他們在進行毒品走私嗎？」

「不，只是我認為如果既然和坂東聯合有關係，或許也有同夥在做這樣的事……」

「有查到這樣的同夥嗎？」

「不，還沒有……」

「這是你的猜測？」

短暫的空檔。是在尋思該如何回答才好吧。

「是的……但這非常有可能，而且若有黑道參與其中，也可以解釋這次司機遇害的手法，或許也能推測出綁架真正的目的。」

「真正的目的……？」

「沒錯，黑道腦子裡只有一件事，那就是錢。」

「歹徒完全沒有勒贖。」

「我認為這整件事的規模更大。」

「規模更大？」

「歹徒有可能想和議員談妥某些利益交換。所以把人擄走後，暫時都沒有提出要求。要求釋放死刑犯，有可能只是幌子。」

「不動產商的事，你是從誰那裡聽說的？」

「倉持本人。」

「他怎麼說那名不動產商？」

「說是高中朋友，兩人是釣友……」

「你怎麼從這裡知道和黑道有關？」

「倉持自己說溜嘴的。說那名不動產商曾經蒙上嫌疑，說是黑道的白手套公司……」

龍崎介意起來。

「當時倉持是怎麼說的，正確轉述給我聽。」

「呃……」瀨尾似在回想。「我記得他是這麼說的：『我不想要警方後來查到才在那裡囉唆，所以就直接說開來了，木本的公司曾經被人說是坂東聯合的白手套公司』……」

「木本就是那個不動產商吧？」

「沒錯。」

「倉持並不是說，木本就是白手套公司吧？」

「是的。但我詢問組織對策三課和四課，發現該公司過去確實有過這樣的嫌疑。」

「那現在呢？」

瀨尾難以啟齒地說。

「說是不在監控名單上。」

「換句話說，不是脫離關係，就是洗刷嫌疑了，是嗎？」

「對，可是……」

「我並不是在指責你，不要介意。我只是想逐一確認事實。」

「是……」

「如果是釣友，一起坐船，或偶爾借船給對方，也一點都不奇怪吧？」

「什麼……？」

「你問出來的事實，是倉持的朋友當中，有個雖然與黑道親近，但稱不上黑道成員的人，兩人偶爾會一起坐倉持的船出海釣魚……就只是這樣而已，對吧？」

「唔，嗯，就是這樣。」

「那名不動產商友人的朋友在從事毒品交易的嫌疑，完全是你的臆測吧？」

「不，也不是臆測……」

「說下去。」

「前線本部的管理官說：黑道的話，小船對他們的用處可多了。開小船和海上的外國船隻會合，是他們的慣用技倆……」

龍崎直想嘆氣。

有時候，經驗會成為辦案的阻礙。以過去經手的案子來類推、分析手上的案件時，有時就會發生這種情形。

亦即會出現「慣性」。大多時候，經驗對辦案有益。資深調查員非常可靠。

工作上的慣熟不可或缺。

但有時熟悉過了頭，就會誤判狀況。這與先入為主有相通之處。和瀨尾連絡的管理官，一定是從小船和黑道成員這兩個關鍵字，聯想到他以前經驗過的毒品交易案了。

就算不是親身經驗，應該也見聞過幾次這類案子吧。這造成了先入為主的看法。

從管理官那裡聽到這件事的瀨尾，接受了管理官的推理。

龍崎謹慎地說：「有件事我要你最優先確認。」

「什麼事？」

「小船是在什麼樣的狀態失竊的……？引擎應該需要鑰匙才能發動，是鑰匙被偷了嗎？還是引擎被動手腳開走了？如果是後者，表示竊賊具備相當的船隻知識。」

「倉持說鑰匙在他手上，但還有備份鑰匙，或許是用了備份鑰匙。」

「備份鑰匙在誰那裡？」

「他說平常應該收在家裡，但不知道什麼時候不見了……」

「把能拿到備份鑰匙的人列成名單。」

「明白。」

「名單列出來後通知我。」

「請問……」

「什麼事？」

「不用調查木本嗎？管理官交代我這麼做……」

「請優先處理備份鑰匙的名單。」

「明白。」

龍崎掛了電話，看向時鐘。

五點二十分。冴子一定已經到醫院了。怎麼沒有連絡？

該不會是顧慮到他在工作，才不打電話吧……？

龍崎尋思。

要是這樣的話，那完全是多餘的顧慮，若是不早點知道狀況，他反而會無法專心工作。

龍崎猶豫之後，再次打電話給冴子。

「您撥的電話未開機，或無法收訊……」手機傳出如此訊息，沒有接通。

無法收訊……這年頭都內還有這樣的地方嗎？如果有的話，那就是大樓地下了，冴子在那樣的地方嗎？

還是關機了？但他想不到在這種狀況關機的理由。

正當他準備再打一次的時候，板橋課長出聲了。

「備份鑰匙是在說什麼？」

龍崎收起手機回答。

「小船的鑰匙。鑰匙在倉持本人手上，所以很有可能是使用備份鑰匙把船開走的。」

「我認為就是黑道分子幹的。或許和小宮山的弟弟有關連。」

「我向瀨尾確認過了，倉持的朋友並不是黑道成員。他是不動產商老闆，以前曾經被懷疑是坂東聯合旗下的白手套公司，但現在也不在組織對策課的監控名單上。」

板橋課長的表情沉了下來。但他依舊不屈不撓。

「或許本人是金盆洗手了，但還是很有可能和黑道維持關係。」

龍崎認為沒這個可能，但覺得正面反駁是浪費時間。調查員會查出事實。

於是對板橋課長說：「總之，必須盡快查出歹徒是什麼人。」

「這是當然。」

龍崎打住和板橋課長的對話。

不過，為什麼妻子的手機打不通？

這讓他牽腸掛肚。

16

傍晚六點，傳來歹徒來電的通知。

偵查幹部和調查員都聚集到擴音器附近。

管理官們同時用電話和無線電下達指示，調動於公共電話周圍監視的調查員。

「就算發現歹徒，也不要碰。」

管理官們如此指示調查員。

意指即使發現有人在打公共電話，也不要當場接觸。

重要的是先尾隨跟蹤，查出牛丸議員在哪裡。

綁架案中，貿然接觸對象是禁忌。因為那個人不一定就是首謀，有可能只是信差。這種情況，首謀也有可能躲藏在暗處觀察。

過去曾經發生過調查員不小心接觸了交代「不許碰」的目標，結果救援失敗的例子。綁架案就是如此纖細敏感。

擴音器傳出對話聲。

「我是搜查一課的下平。」

是特殊班的係長。

「我還沒看到小宮山耕吉被釋放的新聞，怎麼回事？」

下平係長回應。

「請先讓我們確認牛丸議員平安無事。」

「不執行我的要求，人質就沒辦法平安。這不用我再提醒了吧？」

管理官的聲音響起。

「怎麼了？還沒找到人嗎？」

龍崎推測，歹徒很有可能使用安浦第二公園前面的公共電話，所以調查員都集中在那裡了。

然而那裡的調查員卻沒有任何消息。

「牛丸議員被帶走後，已經過了整整一天。」音箱傳來下平係長的聲音。

「我們很擔心議員的健康狀態。請讓我們聽聽議員的聲音。」

「我叫你們釋放小宮山耕吉。不認真考慮我的要求，你們就等著後悔莫及吧。」

「我們正在認真研究。但死刑犯的處遇，不是那麼簡單就可以決定的。」

不愧是專家，龍崎佩服不已。

下平說「死刑犯的處遇」。他沒有否定對方的話，並且避免使用「釋放」一詞。

萬一說出「釋放」兩個字，有可能被抓住話柄。就和政治人物的答辯一樣，與綁匪的談判，不容片刻疏忽。

「死刑犯的命，還是牛丸的命？二選一，快點決定。」

「我們不能無視判決。必須尊重法律。」

「你是想說這會動搖法治國家的根本吧？但應該有辦法的，像是大赦或特赦……」

「那完全是特殊措施。」

「這次夠特殊了吧？」

「是啊，我完全理解。但我們需要時間。然後，研究實現方法的前提是，我們必須先確認議員平安無事。」

這時龍崎赫然發現一件事。

他隱約聽見平交道的聲音了。似乎是電車轟隆隆靠近的聲音。

龍崎喃喃道：

「歹徒是從車站附近的公共電話打的……」

由於在場所有的人都張大了耳朵聆聽音箱傳出的歹徒和下平係長的對話，龍崎的話聲意外清晰地被每個人聽見了。

一名管理官下令。

「立刻派調查員前往車站附近的公共電話。京急大津、堀之內、馬堀海岸，還有縣立大學站。」

歹徒的聲音傳來。

「證明你們有認真考慮我的要求。任何方法都行。否則議員就沒命了。」

「我們很認真在考慮，所以我們需要牛丸議員平安無事的證據。」

「如果今天我沒有看到小宮山耕吉被釋放的新聞，無法保證議員會有什麼下場。」

電話掛斷了。

「反偵測呢？」

管理官立刻詢問負責人。

「應該是橫須賀市內，京急大津站或堀之內站的公共電話。」

「調查員有連絡嗎？」

無線電人員回答。

「回報說京急大津站和堀之內站，在調查員趕到時，並沒有看見有人在打公共電話。」

「採指紋。」板橋課長說。「和租車及小船採到的指紋做比對。」

管理官立刻安排派遣鑑識人員。

回到幹部席，板橋課長對龍崎說道。

「讓調查員集中在安浦第二公園前，是個錯誤。」

龍崎不得不承認。

「課長說的對。我的指示弄巧成拙了。」

「所以我才說現場應該交給現場人員。」

「但這下我們知道，歹徒並非都使用同一台公共電話了。」

「我不認為這能算是進展。」

「或許會有目擊情報。」

「調查員知道怎麼做。他們應該正在京急大津站或堀之內站附近詢問目擊證詞。」

龍崎點點頭。

把調查員集中在安浦第二公園前是一步錯棋嗎？若是如此，他必須坦然認錯反省。

但當時還不清楚歹徒會更換不同的公共電話，所以不能算是錯誤的指示。

不過即使向板橋課長說明這一點，他應該也不會接受。現在就依照板橋課長的意見，交給管理官指示，靜觀其變，也是個方法。

龍崎如此決定。

手機震動了。他以為是冴子的來電，看到螢幕，卻發現是伊丹。

「我是龍崎。」

「沒發現歹徒嗎？」

「一發現會立刻通知。」

「下平係長說自己判斷錯誤了。他好像跟你說可以排除車站附近的公共電話。」

「當時我也是和他一樣的想法。但現在已經知道，歹徒並非用同一台公共電話打來。」

「我很擔心議員的健康狀況。執政黨幹部來電關切，總監也非常焦急。我想盡快查到議員的所在。」

「我們已經盡其所能了。每個人都如此希望。」

「就沒有決定性的線索嗎？」

「事情沒那麼簡單。瀨尾應該正在列出有辦法拿到小船備份鑰匙的人物名單。我想那份名單應該可以提供一些線索。」

「小船的備份鑰匙……？」

「鑰匙在倉持手上。換句話說，要發動小船，需要另一把鑰匙。」

「你說正在製作名單？」

「對。」

「現在不是應該盡快救出議員嗎……？」

「沒錯。只能從能夠著手的地方做起了，名單一定可以派上用場。」

「好，我會向瀨尾確認。」

「幫我轉達下平係長，說當時排除車站的公共電話，絕對不算是誤判。」

「或許聽起來只是安慰之詞。」

「這是事實。然後我要重申，當時我也是一樣的想法。」

「你這種個性未免太吃虧了。」

「什麼？」

「下平說是他建議你排除車站公共電話的，他打算扛起責任。」

「我才是前線本部的負責人，負責是天經地義的事。」

手機傳來插播鈴聲。

「抱歉，有別的電話進來。」

龍崎說，伊丹應道：「好，我再連絡。」

龍崎接起另一通電話。

「孩子的爸？」

是妻子冴子的聲音。龍崎起身前往走廊。

「邦彥怎麼了？」

「打一瓶點滴就可以回家了。」

「點滴……？到底是怎麼回事？怎麼會被救護車送醫？」

「他又發起燒來了。他在考場倒下，監考官連忙叫救護車。好像有遇上意外狀況的守則，他們說是依照守則上的規定做……」

「倒下？那邦彥呢？」

「他沒事。他說考試一結束，整個人忽然虛脫了。」

「明天應該還有兩科。」

「他說會去考。」

龍崎感到全身放鬆下來。

「也就是說，明明不嚴重，是監考官反應過度……？」

「好像真的有一瞬間失去意識，當場倒下。」

「不過叫救護車也太誇張了。」

急救人員只要接到通知，就有義務將病患送到醫院。不管病患是什麼症狀，都不能半路丟下。

「監考官也是擔心有什麼萬一吧。」

「他明天有辦法去考試嗎？」

「打完點滴後，燒退下來了。我會帶他回家看看狀況。」

明天能不能前往考場，只能看邦彥自己了。人生當中，有些時候非得鞭策自己，硬著頭皮上陣不可。

「剛才我打給你，可是電話不通。」

「我忘記我關機了……」

「為什麼要關機？」

「我在醫院走廊被警衛提醒，所以關機了。」

「警衛提醒？」

「對，那時候我打電話給美紀，警衛叫我在醫院裡手機要關機。」
「怎麼會？又不是早期的手機，應該不會影響到醫療機器。」
「跟我說也沒用啊。警衛應該也是因為醫院這麼規定，所以才提醒……」
「這種規定早就過時了，沒有意義。」
「就說，這種話跟我說也沒用啊。」
「總之，有狀況再連絡我。」
「好。」
龍崎掛了電話，回到幹部席。本鄉部長問龍崎。
「是令郎的事嗎？」
龍崎猶豫了一下該如何回答。
「對，內人從醫院打電話來。」
「狀況怎麼樣……？」
「沒什麼大礙。好像是在考場身體不適，監考官叫了救護車。」
「哦……？」本鄉部長揚起單眉。「今天考試的話，難道是東大？」

「沒錯。」

「不愧是署長的公子。」

「嗯……」

龍崎敷衍應聲，不明白「不愧」在哪裡。

「不過在考場遇到這樣的狀況，結果令人擔心呢。」

「是很令人擔心，但現在有更令人擔心的事。」

本鄉部長點點頭。

這時管理官席傳來聲音。

「什麼？目擊情報？在哪裡？」

幹部都朝聲音的方向望去。一名管理官在接聽電話。管理官一掛斷電話，立刻來到幹部席宣告。

「是堀之內站附近。車站附近有兩台公共電話，報告說其中使用超商裡公共電話的人，和監視器影像裡的人很相似……」

板橋課長立刻問道：「那個人的行蹤呢？」

「正召集調查員去附近詢問。」

板橋課長瞥了龍崎一眼。

「如果調查員不是都集中在安浦第二公園前，搞不好已經抓到人了……」

管理官也瞥了龍崎一眼。

這點程度的指桑罵槐不痛不癢。也因為得知邦彥平安，放下心中大石的緣故。內心篤定，因此不會動怒。

板橋課長命令眼前的管理官。

「追查歹徒的行蹤。不過在命令下來之前，絕對不要碰。」

「瞭解。」

「小宮山英二那邊怎麼樣了？」

另一名管理官回答：「還沒有找到。」

「拿監視器畫面詢問認識小宮山英二的人，向他們確認。」

「已經安排了。」

板橋課長對本鄉部長說：「監視器上的人極有可能是小宮山英二。若是如此，在堀之內站附近的超商被目擊到的人，就是小宮山英二本人了。」

本鄉部長眉頭深鎖。他似乎難以判斷。他問龍崎。

「署長認為呢？」

龍崎尋思了一下。不是在思考板橋課長所說的可能性，而是在斟酌該如何回答。

若是直言不諱，又會惹怒板橋課長。但現在比起維護板橋課長的心情，更應該以偵查為優先。他開口道。

「我認為這個可能性很小。」

不出所料，板橋課長臭著臉回問。

「署長這麼認為，根據是什麼？」

「我記得小宮山英二是三十八歲吧？但監視器拍到的人物，顯然更年輕許多。」

「監視器畫面上的人戴著帽子，看不到臉，又不知道年紀多大。」

「從體態可以看出大致的年齡。那個人應該是二十多歲。」

「這算不上根據。體態看不出年紀。很多人看起來比實際上年輕。」

這時，一名人員送來一張紙給龍崎。

「這是小船備份鑰匙的名單。」

龍崎接過那張紙，交代眼前的人員。

「也給部長、課長、署長各一份。」

「好的。」

龍崎檢視名單。

總共只有六個人。上面有姓名和年齡。有兩個和倉持同姓的人。

倉持節子，五十二歲。倉持雅史，二十五歲。應該是妻子和兒子。家人的話，可以拿到備份鑰匙是很自然的事，龍崎想。

其餘四名都是員工，年紀都超過四十歲。

本鄉部長、板橋課長和島村署長三人也拿到一樣的名單。

板橋課長掃視了一下這份名單後，說道。

「沒有什麼可疑人物啊……？」

龍崎也有同感。

「是啊……」

說完後，他的目光再次回到名單上，忽地好奇起一件事。

龍崎對本鄉部長說。

「我想確定一件事。」

本鄉部長、板橋課長、島村署長三人同時望向龍崎。

17

「什麼事？」

本鄉部長問龍崎。

「名單上的倉持雅史這個人。」

「倉持雅史……？」

本鄉部長、板橋課長、島村署長三人再次望向名單。

「這是倉持勳的兒子吧。他怎麼了嗎？」板橋課長說。

「從姓名年齡來看，應該是兒子。但必須確認一下才行。」

板橋課長微微板起臉來。

「現在還有這麼多事要處理……因為是兒子，當然可以拿到小船的備份鑰匙吧？」

龍崎不理會，回應本鄉部長的問題。

「還有倉持雅史目前的所在。」

本鄉部長一臉訝異。

「倉持雅史的所在……？你查這個要做什麼？」

連這都得一一說明嗎……？

龍崎在心中嘀咕了一下才說：

「是倉持雅史的年齡。」

「年齡……？」本鄉部長再次看名單。「二十五歲……。這怎麼了嗎？」

「請回想一下監視器拍到的人，看起來像二十多歲的男子。」

「所以說……」板橋課長語氣厭煩地說。「又看不到臉，無從判斷年紀，這我剛才不是說了嗎？」

「但我覺得像是二十多歲的年輕人。然後倉持雅史可以拿到備份鑰匙。換句話說，他可以使用小船。」

島村署長說道。

「就算可以拿到備份鑰匙，也不代表會開船。」

龍崎回應島村署長。

「這也是我想查證的事項之一，也就是倉持雅史有沒有船舶執照，或就算沒有執照，也會開船。我認為他會開船，否則倉持勳沒必要把他的名字寫上去……」

「確實……」

島村署長點點頭。

板橋課長對本鄉部長說道。

「我認為龍崎署長的話沒什麼意義，只是想到什麼說什麼罷了。」

本鄉部長表情有些困惑地看龍崎。

「真的有必要查證這些嗎？」

「我認為有必要。」

板橋課長對龍崎說：「既然如此，去跟指揮本部說吧。這不是我們的工作。是警視廳指揮本部的差事。」

現在不是分什麼警視廳或神奈川縣警的時候，到底要說幾次才會懂？板橋課長理智上應該是理解的，但他就是忍不住要感情用事。

不過板橋課長的話也有道理。確實，詢問倉持是指揮本部的工作。只要打通電話給伊丹或誰就行了。但若是這麼做，只會更傷和氣，所以龍崎才先請示一聲罷了。

龍崎交互看了看板橋課長和本鄉部長之後說：「那麼我就這麼辦了。」

龍崎取出手機。板橋課長見狀，露出厭煩的表情。

龍崎打給伊丹。

「怎麼了？」

「你還在指揮本部嗎？」

「對。」

「我想麻煩你確定幾件事。」

「什麼事？」

「倉持雅史這個人。」

「倉持雅史……？這誰？」

「你沒看到可以拿到備份鑰匙的人物名單嗎？」

「備份鑰匙？這是在說什麼？」

瀨尾稱職地達成交代，把名單送交給龍崎了。但看來他缺乏更進一步的思慮。原本這份名單的資訊，也應該讓指揮本部周知才對。

「是倉持的小船的備份鑰匙。我叫瀨尾把可以拿到備份鑰匙的人列成名單了。這份名單裡有個叫倉持雅史的，二十五歲。」

「是倉持的兒子吧。兒子的話，能拿到備份鑰匙很正常。」

每個人都說一樣的話。

「所以我要你確定這件事。然後我想知道倉持雅史現在人在哪裡。還有他是否有船舶駕照，或是沒有駕照，但會開倉持的船……」

「等等，慢著。」伊丹聲音慌亂地說。「你該不會是要說倉持雅史是綁架犯吧？」

「就算是也不奇怪。」

「我有問題。」

「什麼問題？」

「這個名字是在名單上才第一次曝光吧？」

「沒錯。」

「在這之前，從來沒聽過也沒看過這個人吧？」

「沒有。」

「可是你卻把他當嫌犯？」

「我沒說他是嫌犯。你沒在聽我說話嗎？我是說，就算是也不奇怪。」

「你懷疑倉持雅史的根據是什麼？」

「我不是懷疑他，我只是想要確認事實。」

伊丹似乎正在思考。不久後他開口。

「現在沒空去做多餘的事。時間經過愈久，議員就愈危險。」

「我明白，所以才要你火速查證一下。」

話筒那端傳來嘆氣聲。

「好，我會交代負責人。」

「叫瀨尾直接向我報告。」

「好。」

龍崎掛了電話。

板橋課長仍一臉厭煩樣。

確實，他沒有任何懷疑倉持雅史的根據。但耿耿於懷的事，就是如骨鯁喉。這並非單純的直覺。有辦法拿到小船備份鑰匙的人，每一個都有可能是偵查對象。

然後倉持雅史的年紀與監視器拍的到人物相近。

時間就快晚上七點了。便當分發給偵查幹部。調查員和行政人員似乎多半叫外送解決晚餐。負責叫外送的人似乎是輪流的，年輕行政人員在整理各人的點單。

進食很重要。不吃不喝，偵查會無以為繼。

龍崎動筷吃便當，但本鄉部長沒有動手。龍崎問道。

「部長不吃嗎？」

本鄉部長猶豫了一下說。

「其實接下來我有重要的餐會……我差不多得離開了。」

「是比綁架案更重要的餐會嗎？」

「被你這麼問，我也無可反駁，但對縣警來說很重要。」

「我想在今天以內救出牛丸議員。或許還會需要身為前線本部長的您的力量。」

「我不在的期間，由你這個副本部長指揮就行了。照你的意思來指揮本部吧。」

龍崎想要避免直接命令神奈川縣警的幹部和調查員的狀況。再說，龍崎雖然掛名副本部長，卻只不過是個署長。縣警部長的分量極重。

「今晚就好，能不能請部長留在本部？」

「抱歉，是沒辦法拒絕的對象。」

「要我以前線副本部長的權限，代替部長婉拒那場餐會嗎？」

本鄉部長瞪圓了眼睛。

「這太離譜了……」

哪裡離譜？龍崎詫異。

是我來拒絕這件事嗎？還是拒絕本身？應該兩邊都是。

龍崎判斷再繼續挽留也是白費力氣。

「那麼，請部長務必保持連絡暢通。」

「當然。」

本鄉鬆了一口氣似地起身。

「那麼我先走了……」

在場所有的調查員都起立了。龍崎沒有站起來。

他正想繼續吃飯，管理官席傳來聲音。

「指紋比對結果出來了。」

板橋課長說：「快點報告。」

一名管理官放大音量開始報告。

「堀之內站附近超商的公共電話外罩上採到了幾枚指紋。其中有幾枚和小船上的指紋相同。」

「好！」板橋課長振奮起來。「如果指紋和小宮山英二符合，就可以確定他就是綁匪了。小宮山英二的下落查得怎麼樣了？」

另一名管理官回答。

「還沒有查到他的行蹤。」

「從他的住處取得他的指紋。」

管理官不知所措地說：「但沒有令狀。」

「馬上申請。派調查員到小宮山英二的公寓前待機，令狀一下來就破門。

必須盡快查出綁匪身分。只要知道綁匪是誰，就可以施壓，也更容易說服。」

「是。」

撲空也是偵查的一環。排除眾多的可能性就能逼近真相。也就是刪去法。

所以龍崎沒有吭聲。就他的感覺，監視器拍到的人怎麼看都不像三十八歲。

他靜待板橋課長指示完畢之後說：

「我希望也和倉持雅史的指紋比對一下……」

板橋課長瞬間露出不懂他在說什麼的表情，盯著他看。管理官們也一樣。

「我說了什麼奇怪的話嗎？」龍崎說。

「署長沒聽到我們剛才的對話嗎？」

「令狀的事嗎？」

「沒錯。必須有充足的理由，才能採集指紋。」

「我也是警察，這點事還知道。」

「既然如此，署長應該清楚我們不可能採集別說是嫌犯、連證人都不是的倉持雅史的指紋。」

原來如此，是在擔心這件事啊，龍崎理解了。他們剛才驚訝的表情，是在顯露疑問並害怕——難不成這個前線本部是由一個門外漢在指揮？

當然，龍崎並非門外漢。

「若是自願提供就不違法，也具備證據能力。」

「自願提供？署長說誰會提供什麼東西？」

「請倉持動提供有倉持雅史指紋的物品。」

板橋課長點點頭。

「如果可以說服倉持動提供，順利採到倉持雅史的指紋，比對並不是問題。不過請指揮本部那邊自行處理。我們想要專注在小宮山英二這邊。」

感覺板橋課長想要做出神奈川縣警追查小宮山英二、警視廳追查倉持雅史的構圖。

這樣也無所謂。這個挑戰我接下了。

「好的。那麼我會這麼指示瀨尾。」

板橋課長一副這件事已經談完的態度，轉向管理官發問。

「沒有新的目擊情報嗎？」

一名管理官回答。

「目前只有看到有人在超商公共電話講電話的情報。」

「一定有人看到歹徒了。進行地毯式搜索。」

「瞭解。」

接下來歹徒都沒有來電。

是在防範警方的行動吧——綁匪落網，都是在交付贖金，以及打電話的時候。歹徒肯定很清楚這件事。

龍崎決定先解決便當。

晚上八點，管理官向龍崎出聲。

「瀨尾想要和副本部長通話。」

龍崎拿起附近的話筒。

「我是龍崎。」

「我再次拜訪倉持動家，向他查證了。首先，倉持雅史確定就是倉持動的兒子。倉持動說不知道兒子在哪裡。然後倉持雅史在二十歲的時候考取了二級小型船舶操縱士的執照。」

「不知道兒子在哪裡，這是什麼意思？」

「母親察覺時，兒子就不在房間了。沒有人發現他什麼時候離家的。」

「詳細說明。」

「倉持雅史是所謂的繭居族，很少離開自己的房間。吃飯的時候也都一個人在房間吃。因為是這種狀態，所以才沒有人發現他什麼時候出門的。家人都以為他一直在房間裡。」

「什麼時候發現他不在的？」

「好像是昨天。」

「這表示也有可能更早就離家了，對嗎？」

「沒錯。不過父母似乎並不怎麼擔心，說他應該很快就會回來，繼續關進自己的房間。」

「好。你現在在哪裡？」

「在倉持動自家前面。」

「不好意思，可以請你說服倉持動，請他提供可以驗出倉持雅史指紋的物品嗎？」

「可以驗出指紋的物品……？」瀨尾訝異地說。「為什麼？」

「小船上驗出指紋了。疑似歹徒打電話的公共電話也驗出了指紋，和船上的指紋符合。我想和倉持雅史的指紋做比對。」

「也就是說，倉持雅史是嫌犯？」

「還不清楚，所以才想確定。對了，你手上有監視器拍到的男子影像嗎？」

「存在手機裡。」

「給倉持動看看。」

瀨尾的聲音緊張起來。

「好的，我去向他確認。」

「結果立刻通知我。」

「是。」

龍崎放下話筒。

他打電話的時候，板橋課長離開座位去了管理官席，討論某些事。

島村署長小聲問龍崎。

「署長認為倉持雅史就是歹徒嗎？」

「不知道。」龍崎坦白說。「有這個可能。至少比小宮山英二的可能性更高。」

島村署長看了看時鐘。

「已經八點多了。牛丸議員的身體狀況令人擔心呢。」

「議員遭到綁架，已經過了差不多三十六個小時。沒辦法再耽擱了。」

「板橋課長也卯足了全力。」

「我當然知道。」

龍崎來到前線本部以後，過了將近十二個小時。現在連歹徒的背景或所在都尚未掌握。但龍崎相信絕對能平安救出牛丸議員。

他並非十拿九穩，而是只能如此相信。警視廳正傾全力調查，而負責調查的SIT是專家中的專家。

綁匪小心謹慎，而且聰明。下平說感覺受過高等教育。但對方並非職業人士。

絕大多數的犯罪者會落網，是因為警方是專家，而犯罪者是業餘。而且現在又有神奈川縣警的支援。神奈川縣警的優秀，應該不下於警視廳。

龍崎相信警方的辦案能力。近年警方因為破案率下降而飽受批評，但那是包括微罪在內的整體犯罪的破案率，殺人綁架等重大刑案的破案率依然維持在數一數二的水準。

「搜索和扣押令狀下來了。准予夜間搜索。」

本部響起這樣的通告聲。

一般來說，搜索不能在日出前及日落後進行。但只要有法官特別記述，則不在此限。

綁架案是現在進行式，因此才會特別附註准予夜間搜索。

板橋課長的聲音響起。

「好，立刻發動搜索！首要之務是拿到指紋！」

18

板橋課長回到幹部席，對龍崎說道。

「很快就可以查到歹徒身分了。」

龍崎沒有附和。他在等瀨尾的通知。剛才那通電話後，過了約三十分鐘。應該是說服花了許多時間吧。自己的兒子被當成嫌犯，任何人都會憤憤不平。但目前已經查出，倉持勳持有的小船被用於綁架。這應該是很有說服力的材料。

晚上八點四十分左右，瀨尾來電了。

「我先把監視器截圖給他們看了。他們說太模糊，看不出來。」

「做父母的不可能認不出自己的孩子。」

「他們看起來不像在撒謊。而且照片沒有拍到臉……倉持勳和母親都說看不出來。」

「那，他們提供了什麼？」

「倉持雅史房間裡的馬克杯、原子筆，還有玻璃菸灰缸。一開始父母非常抗拒，但我說服他們，說這可以排除涉案嫌疑……」

「馬上安排指紋檢驗，和這邊驗出的指紋做比對。」

「好。」

「盡快。」

「我明白。」

放下話筒後，龍崎取出手機打給伊丹。

「怎麼了？」

「剛才瀨尾連絡我了。倉持雅史是倉持勳的兒子，有二級小型船舶操縱士執照。他現在行蹤不明，父母也不知道兒子什麼時候離家的。」

「怎麼會？」

「倉持雅史是個繭居族，父母也對他小心翼翼，不太干涉他吧。我命令瀨尾要倉持動自願提供雅史的私人物品，並安排檢驗指紋，和這邊驗出的指紋比對。」

「指紋……？這又是在說什麼？」

「那邊沒接到報告嗎？」

「我沒聽說。」

情報受阻了。是前線本部的管理官沒有向指揮本部報告，還是情報卡在指揮本部的管理官那裡……？

不管怎麼樣，如此重大的情報居然沒有傳達周知，是個嚴重的問題。

龍崎向伊丹說明指紋的事。伊丹聽完後說道。

「好，比對指紋是第一優先，交給我安排。」

「這邊已經取得搜索扣押票，正在搜索小宮山英二的公寓。要是驗到指紋，會和小船及公共電話的指紋做比對。」

「小宮山英二？死刑犯小宮山的弟弟是吧？」

「對。」

「是弟弟為了讓哥哥被釋放，而綁架議員嗎？」

「唔，這邊有人這麼認為。」

「希望總有一邊中獎。」

龍崎認為不可能是小宮山英二。但他決定先放在心裡。

「歹徒的聲紋分析結果出來了嗎？」

「嗯，出來了。」

「聲音的年齡，有什麼結果？」

「二十到三十多歲。」

「範圍真大……」

龍崎自言自語地說，倉持雅史是二十五歲，小宮山英二是三十八歲，兩邊都符合。

「你應該從下平那裡聽說了，他說有一點西日本的腔調。」

西日本的腔調。

都忘了這一點了。

倉持的住址在澀谷區松濤，不符合西日本腔調這個條件。

那麼，打電話來的果然不是倉持雅史嗎……？

自信有些動搖了。但感覺其他要素都指向倉持雅史就是歹徒。

龍崎問伊丹。

「你會在指揮本部待到什麼時候？」

「我打算今晚就守在這裡。有什麼消息，立刻連絡我。」

「好，我會。」

龍崎掛了電話。

島村署長問龍崎。

「倉持雅史是倉持勳的兒子，有船舶執照是嗎？」

他聽到龍崎和伊丹的對話，想要確認。

「沒錯。」龍崎回應。

「然後他現在行蹤不明……」

「是的。」

「龍崎署長認為倉持雅史就是綁匪，對嗎？」

「我是這樣懷疑，但是……」

「但是什麼？」

「我請人讓父母看了監視器上的男子，但他們好像說認不出是不是兒子。說沒有拍到臉，畫面也很模糊……」

「確實……」

「而且分析歹徒的聲音後發現，有一些西日本的腔調特徵。」

「西日本……」默默聆聽兩人對話的板橋課長開口了。「那就不是倉持雅史了吧。倉持住在東京吧？」

龍崎對板橋課長說道。

「但小宮山也住在這裡吧？」

「小宮山的老家是四國香川，是西日本。」

表情洋洋得意。

「不管怎麼樣，」島村署長說。「都只能等待指紋比對結果出來了。」

龍崎看時鐘。已經快晚上九點了。只有時間分秒流逝，卻還沒有任何歹徒潛伏地點的線索。

歹徒轉為按兵不動了。每打一次電話，就洩漏更多線索。他是在擔心這一點吧。

市內已經部署了調查員，他們正在拚命查案。只要歹徒出現在某台公共電話前，或許這次就會被逮到。

歹徒是否切膚地感受到這樣的威脅？

最糟糕的情況，就是歹徒殺害牛丸議員，悄悄逃亡。沒有人看到歹徒的樣貌。

無力感漸漸壓上心頭。警方很優秀，但同時也有許多問題。比方說現在龍崎面對的警視廳與神奈川縣警的對立就是一個。

指揮本部和前線本部真的有確實攜手合作嗎？如果不是，就無法充分發揮警察的能力。

而指揮本部和前線本部的合作，是龍崎的責任。

不能懦弱喪氣。

龍崎鼓舞自己。

我絕不能在現在示弱。必須盡其所能，全力以赴。要克服危機，就只有這條路了。

「就算現在住在東京，也不保證就沒待過西日本……」

島村署長低聲喃喃道。

「咦……？什麼？」

龍崎忍不住反問。

「就像小宮山的故鄉在香川，倉持或許也和西日本有什麼淵源。」

聽到這話，龍崎立刻對管理官說：

「立刻幫我連絡瀨尾。」

「好的。」

「不，還要轉接太麻煩，告訴我瀨尾的手機。」

「接到副本部長親自來電，調查員會嚇一大跳的……」

「別管那麼多，號碼給我。」

管理官把號碼抄在便條紙上，由傳令人員送來。龍崎用自己的手機打了上面的號碼。

「喂，我是瀨尾。」

「我是龍崎。」

「呃……？龍崎署長嗎？」

就像管理官說的，瀨尾似乎大吃一驚。龍崎不理會，劈頭就問。

「你知道倉持雅史過去的經歷嗎？」

「哦，為了慎重起見，我是問了幾個問題……」

「他在哪裡出生的？」

「是，東京都江戶川區出生的。」

「這樣啊……」

「他的經歷怎麼了嗎？」

「鑑識分析歹徒的聲音，說有一點西日本的腔調特徵，所以我想說或許他和西日本有什麼關係……」

「啊，有的。」

「什麼？」

「聽說他的生母是京都人。」

「生母……？」

「倉持勳離過婚。是二十年前的事了，所以雅史小時候在外祖父母家住過一段時間。後來倉持勳把他接過來，才搬來東京生活。倉持勳是在四年前再婚的，所以倉持節子並非雅史的生母。倉持勳說兒子會變成繭居族，或許和他再婚有關。」

龍崎似乎可以理解兒子離家也沒人發現、看到監視器拍到的人物，也認不出來的理由了。

倉持勳和節子應該都不知道該怎麼跟這個兒子相處了。即使待在同一個屋簷下，應該也幾乎不會碰面。

「好。你現在在哪裡？」

「我正在回指揮本部的路上。接下來要安排指紋比對。」

「這件事我也告訴伊丹了。」

「伊丹……是部長嗎？」

瀨尾應該是第二次聽到龍崎直呼伊丹的名字了。他懶得再次說明自己跟伊丹的關係。

「對，伊丹部長。我已經請他優先處理指紋比對。」

「若是部長指示，應該可以立刻有結果。」

「我等你報告結果。你直接打這支電話給我。」

「打到署長的手機嗎？」

「沒錯。我想省去多餘的工夫。懂了嗎？」

「瞭解。」

龍崎掛了電話，把剛才聽到的內容轉達島村署長。他真正希望聽到的人是板橋課長。

「果然……」島村署長說。「這下倉持雅史的嫌疑愈來愈重了。」

板橋課長說：「只要指紋比對結果出來就清楚了。」

「指揮本部會把指紋比對放在第一優先。」

「在小宮山的住處採到指紋以後，我們這裡也會第一優先比對。」

「瀨尾很優秀。」

聽到龍崎這麼說，板橋課長錯愕地轉頭看他。

「咦……？」

「一開始他報告倉持似乎和黑道掛勾時，我對他的能力有些質疑，但那似乎不是他的責任。」

板橋課長別開目光說道。

「沒錯，那傢伙是個出色的刑警。被借調到警視廳，是我們一大損失。」

龍崎想起板橋課長聽到瀨尾在指揮本部時的表情。看來他相當賞識瀨尾。

「但他遲早會回來神奈川縣警啊。」龍崎說。

「是啊。」板橋課長只應了這麼一句。

龍崎說他打算在今天救出牛丸議員，但時間無情地流逝，這話實現的可能性愈來愈小。

晚上九點半左右，傳來小宮山的房間驗出了幾枚指紋的通知。板橋課長命令第一時間進行指紋比對。

「需要多久的時間？」

龍崎問板橋課長。

「要看指紋的狀態。不過因為不是從不特定多數的指紋當中尋找符合的指紋，應該不用花上太久。」

龍崎點點頭。只能等了。

若是順利，就可以查出歹徒身分。如此一來就能得到照片，知道嫌犯的相貌。照片也可以用在周邊訪查上。

當然，無法立刻就得知歹徒的潛伏地點。但偵查肯定能大有進展。

警視廳和神奈川縣警，哪一邊的比對結果會先出來？龍崎忽然想到這個問題。

不管哪一邊先出來，結果都只有一個。不，也有可能兩邊都落空。

他實在不願意想像這種狀況，卻必須預為籌謀才行。龍崎認為這才是指揮官的職責所在。

晚上九點四十分，電話響了。管理官接起電話。

龍崎想，或許是指紋比對結果。

是警視廳的結果？還是神奈川縣警的結果……？

「咦……？什麼意思？」傳來管理官訝異的聲音。「抓到歹徒了嗎……？不是？什麼意思……？」

管理官聆聽對方說話半晌。不久後他放下話筒，走近幹部席。

他站到板橋課長面前，開口說。

「調查員回報找到小宮山英二了。」

板橋課長的眉頭刻出皺紋。

「什麼？抓到他了嗎？」

「我也問了調查員一樣的問題……」

「但不是嗎？」

「小宮山英二在橫濱市，淪為遊民。調查員找到他時，他人喝醉了，睡在塑膠帳篷裡。」

「淪為遊民……？他不是有公寓嗎？怎麼會在路上當遊民？」

「小宮山英二表示待在住處，會被追討房租，也會有債主上門，所以他跑掉了。好像有時候也會回去住處，但討債的很快就會上門，所以又得跑路……似乎反覆過著這樣的生活。」

「不，重點是……」板橋課長慌了手腳。「小宮山英二不是綁匪？」

「他的街友朋友作證說，他這幾天都躺在帳篷裡。」

指紋比對結果還沒有出來，就先找到小宮山英二本人了。

板橋課長顯然大失所望。這是當然的。他把希望都放在小宮山英二身上了。

「這下又回到原點了……」

板橋課長喃喃自語地說。

龍崎開口。

「不是原點。還有倉持雅史這條線。」

板橋課長以強忍痛苦的表情說。

「我認為這邊也希望渺茫……」

「不是說洩氣話的時候。」

「不管倉持雅史的結果如何……」板橋課長說。「神奈川縣警都沒有勝算了……」

「這是個好機會。」

「咦……？」板橋課長驚訝地看龍崎。「什麼意思？」

「這下就不用再想什麼警視廳還是神奈川縣警會贏了。接下來請專心在查出歹徒、找出潛伏地點，以及救出肉票。」

正當板橋課長準備開口時，手機震動了。是瀨尾打來的。

看來指紋比對結果出來了。龍崎接了電話。

19

「指紋吻合。」

瀨尾在電話另一頭說。龍崎告誡自己，愈是這種狀況，就愈必須冷靜。

「哪些指紋吻合，詳細告訴我。」

「從倉持雅史的馬克杯驗出來的指紋，和前線本部驗出來的公共電話外罩及小船上的指紋符合。」

龍崎做了個深呼吸後說道。

「追查倉持雅史的行蹤。」

「是。」

龍崎掛了電話，立刻打給伊丹。

「幹得好，可以斷定倉持雅史就是嫌犯了。」

伊丹說。聽得出來他很興奮。

「高興還太早。問題是倉持雅史人在哪裡。無論如何，都需要線索。」

「我知道。必須把確保牛丸議員的安全放在第一。」

「前線本部會全力尋找倉持雅史潛伏的地點。你那邊調查一下倉持雅史是否熟悉橫須賀、這裡有沒有與他有關的地點。」

「不勞你說，我都已經安排好了。」

「綁架發生後已經過了三十八小時。超過二十四小時，人質的生存機率就會大幅降低。」

「我知道。」

「我無論如何都想在今天解決這個案子。」

「歹徒沒有再連絡。我和ＳＩＴ的下平係長他們討論過理由。」

「下平說什麼？」

「他說歹徒有可能變謹慎了。不過這似乎不是個好傾向。」

「不是好傾向？」

「沒錯，這表示歹徒已經被逼到如此緊繃的地步。他說這種情況，人質的危險度會增加。」

「總之，只能全力以赴了。」

「是啊。一有消息，我會立刻連絡。」

電話掛斷了。

板橋課長立刻發問。

「署長說指紋符合，是什麼情況？」

龍崎說明瀨尾報告的內容。

板橋課長啞然無語。相反地，島村署長開口。

「這表示綁匪就是倉持雅史不會錯了？」

「指揮本部似乎如此斷定。」

板橋課長垂著頭，不發一語。或許他正沉浸在挫敗感中，但現在不是自憐自艾的時候。龍崎對他說。

「好了，已經查出歹徒的身分了。開始認真調查吧。」

「我們當然認真在調查！」板橋課長抬頭抗議。

「我實在不認為神奈川縣警在認真辦案。刑事部長離開去參加餐會，前線本部的準備也不能說是充分。」

「你說前線本部準備得不充分？我們都已經照著你說的，擴充到這樣的規模了。」

龍崎絲毫不打算妥協。

「這可是綁架案。」

「我們知道！」

「既然知道，為什麼不請特殊班加入前線本部？神奈川縣警應該有特殊班STS才對。」

「那是……」

板橋課長再次語塞。龍崎趁勝追擊地說：「視往後發展，也有可能必須在現場和歹徒談判或攻堅。立刻請STS過來。」

板橋課長抬起頭來。

「確實，聽到要成立前線本部時，我認為我們只不過是被抓來協助警視廳的而已。但就像署長說的，綁架案發生在神奈川縣內，是現在進行式。」

「我說過許多次了，目前不是在分警視廳還是神奈川縣警的案子的時候。分秒必爭，必須盡快救出牛丸議員。」

「我明白了。署長說的沒錯。我立刻請STS加入。」

龍崎點點頭。

原本說來，應該在前線本部剛成立的時候就請特殊班參加的。但現在再埋怨此事也於事無補。亡羊補牢，猶未晚也。如果特殊班有機會在前線本部大顯身手，那就是查出歹徒潛伏地點之後吧。

課長打電話安排STS人員過來。龍崎看時鐘。晚上十點十五分。

這時一名管理官大聲道。

「歹徒來電！通話轉到擴音。」

調查員又聚集到擴音器前。龍崎這些偵查幹部也起身走過去。

「我是下平。」

SIT的下平係長的聲音之後，傳來歹徒的聲音。

「結論出來了嗎？」

下平沒有回答這個問題。

「你是倉持雅史吧？」

短暫的沉默。這意味著歹徒很驚訝。

「你在說什麼？」

「我們都知道了。你是倉持雅史吧？」

歹徒再次沉默。板橋課長對著管理官席問道。

「盯著公共電話的調查員有連絡嗎？」

「還沒有。」

龍崎開口：「就算發現打公共電話的人，也絕對不可以驚動。請尾隨並查出潛伏地點。」

板橋課長應聲：「我知道。」

「請徹底落實。萬一在這時候犯錯，有可能再也無法救出牛丸議員。」

板橋課長再對管理官們說：「徹底通告外面的調查員，就算發現疑似歹徒的人物，也絕對不許接觸。要尾隨查出潛伏地點。」

擴音器傳出歹徒的聲音。

「不愧是日本警察，實在優秀。」

歹徒承認他就是倉持雅史了。下平聞言，說道。

「你和死刑犯小宮山應該毫無關係。為什麼要求釋放他？」

「我沒必要說明理由。不釋放小宮山，牛丸就會沒命。就是這樣。」

「偵測到定位了！」一名管理官大聲說。「是大津十字路口附近的超商公共電話。」

板橋課長說：「調查員呢？」

「正在確認。」

「不許驚動歹徒，尾隨他。再次嚴令各調查員。」

「瞭解。」

倉持雅史和下平係長的對話繼續著。

「我們知道你的要求了。我們正在研究可行性，但必須先確認牛丸議員是否平安。」

「他還活著，但如果不聽從我的要求，我無法保證他能看到明天的太陽。」

電話掛斷了。

板橋課長前往管理官席問：「調查員有回報嗎？」

「我把無線電接到擴音。」

之前為了聆聽歹徒和下平的對話，管理官都用耳機聆聽無線電連絡。

「發現有人使用超商停車場的公共電話。」

是調查員的無線電連絡。

「穿深色夾克和牛仔褲，戴著像棒球帽的鴨舌帽。現在正徒步從國道一三四號線往西移動。」

無線電人員回應。

「瞭解。不要驚動對方，尾隨並確認潛伏地點。」

「瞭解，不驚動對方，執行尾隨。結束。」

片刻之後，又是無線電連絡。

「目標在消防署轉角左轉了。前方是小巷，靠近可能會被發現。」

「千萬留意。」

一會兒後，調查員的聲音響起。

「跟丟了。重複一次，跟丟目標了。」

「現在地點？」

「三春町四丁目三……」

聆聽無線電的板橋課長大聲說。

「把調查員集中到那一帶。歹徒藏身的地點應該就在那附近。」

龍崎回到座位，打給伊丹。

「怎麼樣了？」

伊丹劈頭就問。

「你知道狀況嗎？」

「報告正陸續進來。發現疑似歹徒的人了吧？」

「調查員避免接觸，尾隨上去，但剛才跟丟了。」

傳來咂舌頭的聲音。

「到底在搞什麼？」

「地點是橫須賀市三春町四丁目附近。幫我確認那一帶有沒有和倉持雅史有關的建築物。」

「等一下。之前問過他的父母，他們在橫須賀好像有親戚……」

龍崎就這樣等了一陣子。伊丹的聲音再次傳來：「是倉持雅史的表哥。

阿姨的兒子，大雅史五歲，名叫中井昇一，職業是食品公司業務員。」

「住址呢？」

「橫須賀市三春町四丁目的公寓。」

伊丹的聲音有些沙啞。他應該很激動。這也難怪。

龍崎當然也很激動。

「就是那裡。倉持雅史就躲在那裡。他的表哥是共犯嗎？」

他似乎發出了超乎預期的大聲，板橋課長和島村署長驚訝地看過來。

「不，聽說中井昇一長期出差海外，不在國內。」

「中井一個人住嗎？」

「沒錯。」

「倉持趁表哥不在，用了表哥的住處吧。告訴我公寓的詳細地址。」

伊丹向龍崎說明時，一群身穿深藍色突擊服的男子現身前線本部。

伊丹開口。

「盡快確認。我會派SIT火速趕去。在那之前，預先調查一下周邊。」

「不，不需要SIT。」

「你在說什麼？查到歹徒潛伏的地點後，就必須立刻準備談判和攻堅。」

這只有SIT辦得到吧？」

這個節骨眼不容許判斷錯誤。龍崎想要盡可能做出合理的決定。

「神奈川縣警也有特殊班，STS。我打算派他們去。」

「喂，指揮本部長是我，這由我決定。」

「你說這邊交給我處理。現場的事就交給我。」

「最後擒王的功勞，不能拱手讓給神奈川縣警。」

「不管是地利、抵達時間，還是與調查員的配合，都是STS更有利。

現在沒時間爭論這些了。我會再連絡。」

「喂，慢著……」

龍崎不理會，逕自掛了電話。他立刻把中井昇一的公寓住址告訴板橋課長，訊息立刻傳到管理官席。

立刻就傳來管理官指示無線電人員的聲音。

「盡速確認。隱密行動。絕對不能被歹徒發現。」

指示透過多個無線電傳達給各調查員。

七名突擊服男子並排在高台前。其中一名上前一步，對板橋課長說。

「攻堅班七名人員抵達。」

板橋課長瞥了龍崎一眼，說：「這位是副本部長。是警視廳大森署的龍崎署長，你們向副本部長報到。」

貌似STS隊長的男子說：「我是特殊犯搜查係的小牧。」

龍崎問：「職位是係長嗎？」

「是。」

「我聽説STS是專門攻堅的單位，和歹徒的談判方面呢？」

「我們受過談判訓練。」

「視情況，可能會請你們和歹徒談判。」

「請交給我們。請問我們要在哪裡待命？」

「已經查出歹徒潛伏的地點了。三春町四丁目。請在那附近待命。」

「瞭解。」

STS立刻離開前線本部。態度與行動完全就是專家，讓龍崎感到十分可靠。

一名管理官大聲報告。

「查到中井昇一的住處了。」

接下來就是難關了，龍崎心想。

從截至目前的發展來看，倉持雅史應該是單獨犯案不會錯。但也有可能並非如此。

若要攻堅，屆時將難以確保肉票的安全。STS或許有辦法成功，但必須將風險減少到最小。

龍崎認為刺探住處內部狀況是首要之務。他問板橋課長。

「若要探查室內狀況，課長認為怎麼做才好？」

「從對面建築物用望遠鏡窺看是最安全的。」

「但如果窗簾拉上就沒轍了呢。」

「但還是可以某個程度掌握室內狀況。在觀察的同時，試著接觸。」

龍崎點點頭。

「偽裝宅配那些拜訪是嗎？」

「沒錯。」

「但三更半夜的，無法用宅配這招。」

「是啊……」

這時島村署長開口了。

「這種時候就要派女人。」

龍崎忍不住反問。

「派女人……？」

「住戶主人不在家對吧？偽裝成主人的女友之類的……」

相較於男人，女人登門拜訪，歹徒的戒心或許也會放鬆一些。龍崎立刻問板橋課長。

「有受過這種訓練的女警嗎？」

警視廳有指定調查員制度。警視廳本部的女警人數不多，為了補充這部分的人力，會派遣轄區女警到指揮本部。全署的女警都在名單上，也會進行這方面的研習和訓練。

龍崎是在想，不知道神奈川縣警的狀況如何。

板橋課長立刻回答。

「搜查一課有幾名女警受過綁架案方面的訓練。我立刻派人準備。穿便服前往現場就行了吧？」

龍崎點點頭。

「就這麼做。我現在也要過去現場。」

板橋課長一臉驚訝。

「副本部長不需要親自在場……」

「現場才是前線。坐在這裡，不清楚現場狀況，有可能做出錯誤指示。」

「那麼我也過去。」

「不，課長必須留在這裡，領導管理官……」

這時手機震動了。是伊丹打來的。

「什麼事？我正要前往現場。」

「去現場……？對了，之前挾持事件時，你也是這麼做。」

「沒時間了，沒急事的話我要掛了。」

「我這個指揮本部長打電話給你前線副本部長，怎麼可能沒有急事？」

「什麼事？」

「我派SIT過去了。讓他們處理。」

龍崎不由得煩躁起來。

「這件事我們談過了。」

「不能讓神奈川縣警為案子畫下句點。警視總監不會默不吭聲的。」

「不是說那些的時候。中井昇一的住處已經查到了。STS已經要抵達現場了。」

「等SIT到場。」

「沒辦法。我說了，容不得片刻瞻顧了。」

「你說想要在今天解決案子。已經查出歹徒的藏身地點了。應該還有時間等SIT到場。」

「我說了，沒這個必要。把他們叫回去。」

「沒辦法。」

「要選擇最有效率、風險最小的做法。你說過要把前線本部交給我。」

「前提是聽從我的指揮。」

「你沒有這麼說。」

「這是警視廳的案子，要由警視廳來解決。」

龍崎不禁傻眼。

「綁架案確實發生在東京都內，但監禁案現在發生在神奈川縣內。由神奈川縣警處理，是天經地義。」

「你是警視廳的人。」

「總之我得去現場了。」

板橋課長把部下交過來的便條遞給龍崎。上面說已經備好車子送龍崎去現場。雖然警視廳的公務車也在待機，但考慮到對當地的熟悉度，應該搭乘神奈川縣警準備的車子。

龍崎邊講電話邊走出前線本部。在場的調查員和管理官都起立送行。就連這種時候，警察仍要堅守禮儀慣例。

手機傳來伊丹的聲音。

「要是讓神奈川縣警處理，出了什麼差錯，這個責任你扛不起，我也包庇不了你。」

來到這裡之後，龍崎便一直和神奈川縣警有形無形的反抗相對抗。一想到連伊丹都要與他為敵，他實在心情慘澹無比。

「我並不想要你包庇我。我會扛下所有的責任。」

「這個責任不是你扛得起的。弄個不好，連警視總監都會職位不保。」

這傢伙是在哪裡講電話的？龍崎想到這件事。

這不是能在有旁人的地方說的話。

「我就是為了避免失敗，想要選擇最好的做法。這是我身為第一線人員的判斷。」

手機傳來嘆息聲。

「總之我派SIT過去了。我不會叫他們回來。我要說的就這些。」

「白費工夫……」

「聽好了，我再說一次，讓SIT處理。」

「我自會決定。」

「你最好聽我指揮。我會再連絡。」

電話掛斷了。

龍崎乘上在警署玄關等待的黑色轎車。幹部的公務車，每個地方都大同小巽。

手機震動了。龍崎以為是伊丹又打來了，皺起眉頭看顯示，結果是前線本部來電。

「我是板橋。STS連絡抵達現場了。我已經轉達小牧係長說副本部長過去了。抵達現場後，STS的小型巴士就在那裡，請去那裡和他們會合。」

「好。」

總覺得板橋對他的口氣敬重了一些。也許他是察覺到區分什麼警視廳、神奈川縣警，意氣用事，也是白費工夫。

真希望如此，龍崎心想。

20

龍崎在晚上十點五十分抵達現場。現場是典型的地方都市住宅區。附近有國道一三四號線經過，但只要進入巷弄，便聽不到什麼車聲，完全符合夜闌人靜這樣的形容。

有月租停車場，STS的小型巴士停在空位裡。中井昇一的住處在距離這裡五十公尺外的二樓公寓。

那是相鄰而建、外觀相同的兩棟公寓，歹徒潛伏的那一戶位在離國道較遠的一棟。

STS的小牧係長說，二樓最前面的一戶就是中井的住處。龍崎等人等待女警抵達。

隔壁公寓的其中一戶，已經派人架設望遠鏡和錄影機監視中井昇一的房間。警方向現場對面的住戶說明狀況，請他們配合。

這種情況，警方不會客氣。而一般民眾基本上都不會拒絕配合。

錄影機影像傳送到小型巴士裡的筆電。一開始也考慮使用隔牆聽，但擔心施工聲音被歹徒察覺，遭到駁回。

龍崎等人盯著電腦螢幕。房間亮著燈，但看不出窗簾裡面的情形。

但小牧係長等人表示，仍然可以藉此猜出室內大致上的狀況。好像可以從不時投影在窗簾的影子猜出人數。

「是單獨犯案，還是疑似有共犯？」龍崎問小牧係長。

小牧盯著螢幕回應。

「目前室內沒有動靜，所以難以判斷。」

「那麼還是只能嘗試接觸了……」

小牧係長點點頭。

「雖然有一定的風險，但只能這麼做了。」

等待女警抵達期間，進行各種確認作業。中井昇一的住處沒有室內電話。最近的年輕世代，似乎許多人都不裝室內電話。只要有手機就夠了。

所以沒辦法打電話到室內。

也查到了倉持雅史的手機號碼，但似乎沒有開機。也知道牛丸議員的手機號碼，可是到現在都還無法追蹤到位置。

倉持雅史非常小心。警方推測應該是以小船把人帶走時，把牛丸議員的手機丟進海裡了。

換言之，目前ＳＴＳ還沒有找到可以連絡倉持的方法。

晚上十一點十五分，女警到場了。她依照指示穿著便服，是深藍色中長版大衣配牛仔褲。化了全妝，也散發香水味。設定是拜訪男友家的女友。

女警上了小巴士，龍崎問她。

「官職、姓名？」

「神奈川縣警搜查第一課，巡查部長，大畑詠子。」

「這是很重要的任務，全看你的表現了。」

「是。」

叫她不要緊張，才是強人所難。萬一她失敗，會危及肉票的性命。不，她自己或許也會遭遇危險。

女警佩戴了超小型麥克風。這樣應該就可以接收到她和倉持雅史的對話。ＳＴＳ的小牧係長給了她詳細的指示。

首先要讓對方開門，然後盡量詳細觀察室內狀況。

雖然相當困難，但她非做不可。

晚上十一點二十五分，大畑巡查部長離開小巴士，前往公寓。兩名身穿突擊服、戴頭盔的STS人員陪伴著她。當然，兩人不會跟到門口，而是留在公寓樓梯底下待命。接觸時完全只能有大畑一個人。

小牧係長以無線電連絡守在對面住處的部下。

「女警前往目標住處。重複，女警前往目標住處。盯好住處狀況。」

小巴士裡的音箱傳出大畑的聲音。

「麥克風測試，麥克風測試……」

在小巴士裡已經測試過一次了，但萬一出現訊號不良等狀況就糟了，因此在拜訪前要再測試一次。

片刻之後，傳來門鈴聲。大畑按門鈴了。沒有回應。大畑再按了一次門鈴，大聲叫喊。

「昇一，你還沒睡吧？開門啊。」

接著傳來咚咚聲。是在敲門吧。又傳來大畑的聲音。

「昇一，是我啊。你睡了嗎？開門啊。」

依然沒有回應。

龍崎有些不安起來，開口問小牧。

「會不會做得太過火了？」

小牧專注聆聽音箱傳出的聲音，同時緊盯著電腦螢幕。他搖搖頭，回應龍崎的話。

「就得做到那種程度。大聲喊人，裡面的人就沒辦法裝作沒聽見。」

「原來如此……」

龍崎喃喃，同時電腦螢幕有了變化。小牧開口。

「有動靜了。」

片刻之後，傳來開門聲。

「咦？你是誰……？」

是大畑的聲音。接著是回應的聲音。

「昇一不在。」

確實是打電話來的歹徒聲音。

「昇一不在？什麼意思？你是誰？」

「你管我是誰？總之昇一不在。你才是哪位？」

「我詠子啦，昇一的女朋友。我忘記帶鑰匙了……我打他的手機，他也沒接……」

「他出國了。」

「出國？你騙我吧？他是不是躲在裡面？讓我進去看一下，你讓開。」

她一定是想要從門口探頭窺看室內。小牧聽著對話，盯著電腦螢幕。是在確定有沒有其他人影。

「不要這樣！」男人的聲音。「昇一不在啦，你回去啦。」

「好啦，我回去就是了。你要是遇到昇一，跟他說詠子在等他連絡……」

關門聲。

小牧對龍崎說：「房間裡沒有其他活動。」

「換句話說，可以認定倉持雅史是單獨犯案呢。」

「先等大畑報告吧。」

晚上十一點三十分左右，大畑回來了。

龍崎交給小牧提問。

「裡面是什麼狀況？」

「玄關門進去就是廚房。門旁有流理台，正面是玻璃門，門內似乎是客廳。格局應該是一房一廳一廚，如果肉票在裡面，應該就在玻璃門內。」

「歹徒有武裝的樣子嗎？」

「看不出來。和我說話的時候，他的手是空的……」

「裡面房間有聽到什麼動靜嗎？」

「沒有……」

小牧看向龍崎，應該是在表示「如果有問題，請問」。

龍崎取出手機，點出指揮本部傳來的倉持雅史的照片問道。

「出來應門的是這個人嗎？」

大畑仔細觀看之後說：「錯不了，就是這個人。」

龍崎對小牧說：「這下就確定了。好了，接下來如何處理？」

小牧表情意外地看龍崎。

「如何處理？我以為署長會指示……」

「當然，決定由我來下，但我需要專家的建議才能做決定。」

「第一次有幹部願意聽我們建議。」

這回輪到龍崎驚訝了。

「受過專門訓練的人應該更能掌握狀況——聆聽專家意見，不是理所當然嗎？」

小牧和大畑面面相覷。兩人看似在默默確認什麼。

原來如此……龍崎瞭然於心。

也許小牧本來覺得我很礙事。有偵查幹部跑到現場來了。他一定覺得這下子得多費心思在一旁陪小心了。

而且龍崎是警視廳派來的幹部。

但是這些顧忌，都因為龍崎剛才那句話而煙消雲散。小牧似乎頓時幹勁都來了。

「其他還有沒有注意到什麼？」

小牧問大畑。大畑閉上眼睛思考。應該是在腦中重現倒映在眼中的情景。她應該受過這樣的訓練。很快地她開口。

「有鞋子。」

小牧問。

「鞋子？」

「玄關有一雙運動鞋。廚房角落有一雙黑皮鞋。」

「廚房角落……？」

聽到這話，龍崎說道。

「鞋子放在那種地方太不自然了。皮鞋的話，是牛丸議員的可能性很高。因為不想被看見，所以倉持雅史情急之下拎到廚房去吧。」

小牧點點頭。

「這麼推測應該沒錯。」

「那麼，牛丸議員果然在那裡。」

「若要最優先確保肉票安全，就應該先和歹徒談判，但現在我們沒有連絡歹徒的方法。」

「不好用擴音器呢……。倉持雅史的手機呢？」

「打過很多次了，但似乎還是沒開機。連手機是不是在他手上都不清楚。」

「狀況都逐一回報給前線本部了吧？」

「是的，以無線電保持連絡。」

龍崎點點頭，打電話到前線本部。連絡人員接聽。

「我是龍崎，請板橋課長接電話。」

板橋立刻接聽。

「狀況我都掌握了。倉持雅史是單獨犯案，肉票在該住所，對吧？」

「目前沒辦法透過電話等連絡歹徒。萬一被歹徒發現警方已經掌握他的所在，他有可能自暴自棄，來個魚死網破。」

「也是可以透過電郵或社群網站的訊息功能連絡……」

「問題是時間。時間拖得愈久，牛丸議員就愈危險。」

「那麼……」

龍崎立下決心。

「我認為只能攻堅了。」

「採取強硬手段嗎？」

「確實，攻堅伴隨風險。但談判一旦拖延，牛丸議員的健康狀態堪慮。」

短暫的沉默。

「我遵從副本部長的決定。」

「SIT還沒有抵達吧？」

「還沒有。」

「不能等他們了。一分一秒都不能浪費。攻堅由STS執行。」

「我會連絡本鄉部長。」

「交給你了。我會向指揮本部報告。」

龍崎掛斷電話，小牧出聲。

「SIT正在前往這裡嗎？」

「對，指揮本部派來的。」

「但署長還是願意交給我們？」

「這是最合理的做法。SIT還要一陣子才能抵達。等他們到了，還得花時間說明狀況、等他們準備好攻堅。沒空等這麼久。」

「我明白了。我立刻著手準備。」

小牧開始用無線電下達指示。

龍崎打電話給伊丹。

「你在現場嗎？」

「對，我在現場。」

「我收到前線本部的報告。倉持雅史是單獨犯案，沒錯吧？」

「看來如此。」

「SIT還沒有到嗎？」

「還沒。」

「我再說一次。等他們抵達，交給他們處理。」

龍崎做了個深呼吸之後說道。

「我要派ＳＴＳ攻堅。考慮到牛丸議員的健康狀況，片刻都不能再耽擱。」

「等ＳＩＴ到場。聽從我的指示。」

「如果你的指示是正確的，我當然會聽從，但有時並非如此。有些事情，只有現場的人才瞭解。所以我才會來到現場，並且據此判斷。」

「你懂嗎？絕不容許失敗。」

「所以我選擇了不會失敗的方法。」

一段漫長的沉默。

「站在我的立場，只能叫你等ＳＩＴ。」

「我明白。我只是想把我的決定通知你一聲。」

「要是搞砸了，你的職位也保不住了。」

「這我也明白。」

龍崎掛了電話，接著問小牧。

「狀況如何？」

「部署完畢了。玄關有三人，陽台有兩人。」

「沒被發現吧？」

「沒問題。」

「具體上要如何行動？」

「兩名人員會從梯子爬上陽台。我一打信號，三人會破壞玄關門鎖侵入。同時陽台的兩人破壞落地窗突擊。一眨眼就解決了。一開始我考慮使用閃光彈，但考慮到人質的健康狀況，還是決定避免。」

「沒看到牛丸議員，這一點讓人擔心。」

「既然如此，先確定他人在何處之後再攻堅。」

「怎麼做？」

「交給爬上陽台的兩人。收到確定看到人的通知後，我再下令攻堅。」

「窗簾整個拉起來了，很難看到室內狀況吧？」

「讓對方拉開窗簾就行了。敲一下窗戶，歹徒應該就會掀開窗簾查看。對面住處的望遠鏡和攝影機可以從窗簾縫隙間看見室內。」

「不會太危險嗎？不用紅外線感測器嗎？」

「這種情況，肉眼確認是最好的。」

只能相信專家的意見了。

「好，就這麼辦吧。」龍崎看表。晚上十一點四十五分。「我原本希望可以在今天解決，但或許沒辦法……」

小牧開口。

「我來實現署長的願望吧。」

龍崎點點頭。

「行動！」

21

龍崎和小牧係長一起盯著筆電螢幕。順利完成偵察任務的大畑也留在小巴士裡，關注著發展。

應該已經不需要大畑上場了，但小牧沒有叫她離開。親眼看到現場的就只有大畑，或許她之後還會再派上用場。

她應該也非常希望看到攻堅結果。

不分警視廳或神奈川縣警，現場的調查員都拚命想要解決案子。

龍崎很慶幸自己和他們一起在現場，而不是和幹部們待在前線本部。

攝影機傳來陽台的影像。螢幕中可以看見兩名穿著突擊服的STS隊員爬上了陽台。

小牧以無線電指示。

「確定室內狀況。輕敲窗戶。」

陽台的兩人在落地窗兩側壓低身體。一人伸出左手。

不知道倉持雅史會對敲窗聲做出什麼反應。或許敲窗的瞬間，作戰會一敗塗地。

這將意味著龍崎的垮台。因為他違背刑事部長的指示，選擇了讓STS攻堅。他忍不住緊張起來。

片刻之間毫無動靜。小牧也沒有出聲。

龍崎認為只能信任身為專家的小牧，沒有插口。

這段時間緊張到甚至讓人忘了呼吸。無論小巴士裡還是螢幕裡，都沒有任何人動彈。

這時，窗簾動了。為了查看窗外，倉持掀開了一點窗簾。瞬間，從對面住處觀察的調查員立刻以無線電連絡。

「看到歹徒和肉票了。倉持雅史和牛丸真造在裡面。」

小牧出聲。

「行動。重複一次，行動。」

他的聲音出人意表地沉著鎮定。

龍崎緊盯著螢幕。只能相信STS隊員了。

對面住處傳來無線電連絡。

「攻堅了。兩人侵入落地窗。」

從對面住處看不到從玄關攻堅的狀況。換句話說，攻堅場面也不會出現在螢幕上。

到底過了多久？時間感覺麻痺了。只能依靠螢幕影像和對面住處的無線電連絡。

不久後，螢幕上的陽台出現了人影。人影正大大地揮著手。接著無線電傳出聲音。

「嫌犯落網。重複一次。嫌犯落網。」

龍崎忍不住看向小牧。

他一直期盼著這一刻，然而願望成真，卻有種不知道是否可以相信的不踏實感。

小牧問無線電：

「嫌犯落網，確定嗎？」

「已經壓制了。晚上十一時五十八分，以現行犯逮捕。」

「肉票呢？」

「平安無事。似乎十分疲倦，請叫救護車送醫。」

「瞭解。」小牧看龍崎。「十一時五十八分。我遵守承諾了。」

龍崎一時不解他在說什麼。

「承諾？」

「雖然是在最後一刻，但案子在今天之內解決了。」

龍崎忍不住笑逐顏開。

「你也太守信用了。」

小牧亦面露笑容，打開車門。

「署長請下車吧。請前往監督嫌犯移送，還有人質送上救護車。」

龍崎下了小巴士。原本一片寂靜的住宅區，氣氛一下子變得肅殺起來。

原本遠觀的縣警警官隊開始在公寓周邊展開各種作業。警車也開到近旁來。首先要保全現場。

媒體的閃光燈此起彼落，電視攝影機的燈光大放光明。

救護車鳴著警笛抵達了。

龍崎看見一名身穿夾克和牛仔褲的年輕人被調查員包夾著坐上警車。是倉持雅史。他將被帶去前線本部。

接著牛丸真造走下階梯。救護人員從兩側攙扶著他。精神狀況比想像中的還要好。

龍崎在救護車的後車門前對議員出聲。

「我是警視廳的龍崎。議員平安，真是太好了。」

「命都去了大半條了。這裡到底是哪裡？」

「神奈川縣的橫須賀市。」

「橫須賀……？」

龍崎指著身旁的小牧係長。

「他們神奈川縣警特殊班漂亮地達成了救援任務。」

「這樣啊，謝謝你們。」

小牧係長行了舉手禮。龍崎對牛丸議員說。

「請議員到醫院接受檢查。」

「我沒事，叫救護車太誇張了。」

「總是為了慎重起見，請議員配合。」

牛丸一副想再反駁的樣子。這時，小牧旁邊的大畑開口。

「我陪議員去醫院。」

牛丸看向大畑問。

「你是……？」

「神奈川縣警警員，敝姓大畑。」

瞬間，牛丸議員換了副臉孔。

「唔，無論如何都非要我去醫院的話，那也沒辦法……」

年輕小姐的威力強大。

「拜託議員了。」龍崎說。

救護車載著牛丸和大畑出發後，小牧對龍崎說道。

「後續交給我們吧。」

龍崎點點頭。他必須回去前線本部報告詳情。伊丹那裡應該也接到通知了，但他想要親口通知成功救出議員的好消息。

龍崎對小牧說：「辛苦你了。」

「因為署長願意全權交給我們，我們才得以發揮實力。」

「感謝你信守承諾。」

「我們才是，能夠接受署長指揮，是我們的榮幸。」

平常龍崎幾乎不會這麼做——但這時他對小牧行了舉手禮。小牧也回以敬禮。

龍崎乘坐神奈川縣警的公務車返回前線本部，如釋重負：肉票平安無事，真是太好了。

龍崎在返回前線本部的車上打電話給伊丹。

「龍崎嗎？嫌犯落網，這消息確實吧？」

「對，牛丸議員也生龍活虎的。STS漂亮地達成任務了。」

「結果你沒有遵照我的指示讓SIT處理。」

「當時我認為不容片刻拖延。沒空等SIT抵達。」

「SIT呢？」

「不知道，我還沒見到他們。」

話筒彼端傳來嘆氣聲。

「這次順利解決，所以還好，萬一失敗，你跟我都要飯碗不保了。」

「你就這麼捨不得這碗飯？」

「你說什麼？」

「比起職位不保，我更害怕明明該做，卻無法去做的狀況。」

「你這傢伙實在是……」

「十一點五十八分，神奈川縣警以現行犯逮捕了嫌犯。」

「把嫌犯送到這裡。」

「關於這一點，我等一下會和神奈川縣警那邊討論。」

「沒必要討論。聽好了，嫌犯一定要送到東京來。」

「你要說的就這些？我要掛了。」

「等一下。」

「什麼？」
「我有句話。」
「還沒抱怨完嗎？」
「讓我說句真心話。把前線本部交給你，真是做對了。拜。」
電話掛斷了。
龍崎收起手機，心想著「看情況說場面話或真心話，這真的很像伊丹」，收起了手機。
接下來是嫌犯移送嗎……？
案子解決了，但仍留下許多問題要處理。
總之先回到前線本部，聽取神奈川縣警的意見再說吧。
忽地，龍崎想起了邦彥。白天接到兒子在考場倒下的消息，感覺宛如隔世，但實際上只是八小時前的事而已。
他再次掏出手機，打給妻子冴子。
「孩子的爸，案子好像破了？」

「你怎麼知道？」

「我在新聞快訊上看到的。」

「這樣啊。邦彥狀況怎麼樣？」

「他睡了。燒好像漸漸退了。」

「嫌犯抓到了，但還有許多事要處理，我不知道什麼時候才能回去。」

「我知道。」

「明天要不要去參加考試，交給邦彥自己決定。」

「好。」

「我會盡快回家。」

「不用操多餘的心。國家大任，可不能疏忽了。」

「我知道。我會再連絡。」

龍崎掛了電話。

車子抵達橫須賀署後，立刻被媒體團團包圍。

「無可奉告，請等警方發表聲明。」

龍崎甩掉媒體，搭上電梯。才剛踏進前線本部，他立刻被掌聲和歡呼聲所迎接。

龍崎一臉怔愣地站在門口。

他只是結束工作回來而已，鼓掌也太誇張了……

他懷著這樣的心思前往幹部席，看見滿面笑容的本鄉部長。應該是接到板橋課長通知找到嫌犯的消息，趕回來了吧。

本鄉對龍崎說。

「真是辛苦你了。派STS攻堅，這個決定太英明了！」

龍崎發現前線本部裡有一群穿著和STS一樣的突擊服的人。其中有他熟悉的臉孔，是警視廳特殊班的下平係長。

龍崎離開幹部席，走近下平。下平彎身行禮。

「聽說署長前往現場指揮，辛苦了。」

「伊丹要我讓你們處理，但沒時間等你們到場了。考慮到對當地的熟悉度，我認為交給神奈川縣警的STS處理是最好的。抱歉讓你們白跑一趟了。」

聽龍崎這麼說，下平搖頭回道。

「哪裡，我也認為署長這個決定是對的。」

「聽到你這麼說，我也寬慰一些了，但你並非真心這麼想吧？」

「我是認真的。我們自認為非常理解何謂緊急狀況。面臨緊急狀況，需要當機立斷。在以前的挾持事件時，我已經明確認識到龍崎署長總是能做出正確的判斷。」

「總是能做出正確的判斷……？這倒也未必。」

這是龍崎的真心話。他努力做出正確判斷是事實，但龍崎畢竟也是凡人，有時會不知如何判斷，亦會感情用事。

下平面露笑容說：「再說，我一直在等歹徒來電，長時間進行如履薄冰的談判，其實已經精疲力盡了。坦白說，我實在不太願意負責攻堅指揮。」

「其實被交付指揮前線本部的任務，我也是百般不願。」

「但署長漂亮地達成職責了。」

「該做的事我會做好。」
「請署長指示我們接下來該怎麼做。」
「可以請你們暫時待命嗎？或許有可能需要你們移送嫌犯。」
「瞭解。」
龍崎望向幹部席，心想：
好了，接下來得說些對這場破案狂歡澆冷水的話了……
龍崎回到自己的座位，對旁邊的本鄉部長說。
「部長何時回來的？」
「我接到板橋課長連絡說你決定攻堅，馬上趕回來了。」
「攻堅的瞬間，部長在這裡嗎？」
「不，其實我沒能趕上攻堅那一刻，但後來我聽說是我們的STS攻堅的，真是驕傲極了。」
「如果不妨，可以請部長透露一下嗎……？部長是去跟哪位餐敍？」
雖然對龍崎來說都無所謂，但他還是想要問清楚。畢竟前線本部長在最關鍵的攻堅當下缺席不在本部。

如果是為了無聊的瑣事，本鄉部長免不了遭到抨擊。萬一拯救牛丸議員的行動失敗，不只是伊丹和龍崎，或許連本鄉的職位都保不住。

本鄉部長略為板起了臉。

「我也不願意離席……但縣警本部長叫我過去。」

「是本部長找您……？」

「沒錯，所以我拒絕不了。」

確實，若對方是縣警本部長，或許難以回絕。縣警本部長就相當於警視廳的警視總監。但龍崎認為還是應該拒絕。畢竟當時狀況十萬火急，縣警本部長也應該考慮到這一點才對。

本鄉部長說：「我必須和本部長討論嫌犯落網後，該如何處置。」

原來如此，是為了這件事而把人找去。

龍崎在內心尋思起來。

也就是本部長和刑事部長私下討論，要怎麼做才能維護神奈川縣警的面子——儘管當時綁架案還在進行當中。

他們認為顧全顏面是警察幹部的工作嗎？龍崎傻眼極了。

這種事等到嫌犯落網後再來想就夠了——但他們應該是認為那樣會落後警視廳吧。

他們想搞的是政治，然而警察的工作並不是政治。

嫌犯不管是交到警視廳手上，還是由神奈川縣警發落，龍崎都無所謂。反正一旦移送檢調，就不關警方的事了。

但龍崎難得感到憤怒，所以他想要反抗一下本鄉。再說，他認為神奈川縣警可能無法從倉持雅史口中問出案情真相。

「伊丹部長的方針是將嫌犯送到警視廳。」

本鄉部長的表情沉了下來。

「綁架案確實發生在東京都內，但拘禁罪行發生在神奈川縣內。再說，查到嫌犯所在的是神奈川縣警的人員，逮到嫌犯的也是STS。」

「在我提議之前，神奈川縣警都沒有動員STS。前線本部在剛成立時，規模也小得可憐。換句話說，神奈川縣警認為自己完全只是在幫警視廳跑腿而已吧？」

「但以結果來說，前線本部擴張成這樣的規模，也動員了STS。希望署長認同這個事實。」

實際上龍崎是認同的。神奈川縣警依照龍崎的要求，盡可能配合了。

但他不想宣之於口。

「指揮本部在警視廳大森署，這裡完全只是前線本部。」

「我要重申，攻堅和逮捕嫌犯的，是神奈川縣警STS。」

「倉持雅史除了是綁架案的嫌犯，同時也是命案嫌犯。他殺害了牛丸議員的辦公室雇用的司機。」

「就算嫌犯人在神奈川縣警，一樣可以執行逮捕狀、偵訊和移送檢調吧？」

本鄉部長毫不退讓。一定是被縣警本部長嚴令交代過了。但龍崎也不打算妥協。

儘管他認為嫌犯送到哪裡都無所謂，但還是希望能移送到警視廳轄下。

這樣偵訊才能順暢進行。

沒錯。還有許多必須從倉持雅史那裡問出來的事。

綁架確實是重罪，但殺人的罪責更重。

正當龍崎思忖該如何是好時，板橋開口了。

「我可以發言嗎？」

龍崎暗想不妙。萬一板橋在這時候替本鄉幫腔，龍崎就沒有勝算了。

萬一嫌犯被神奈川縣警劫走，伊丹不曉得會如何責怪他。想到這裡，龍崎便憂鬱極了。

本鄉對板橋說：「當然可以，說吧。」

既然刑事部長都同意了，龍崎不可能拒絕，他沒有說話，靜待板橋開口。

22

板橋說了：「逮捕嫌犯的確實是STS。」

果然來了，龍崎心想。攻堅並實際為嫌犯銬上手銬的是ＳＴＳ。這個事實極為關鍵。若是拿這件事做為根據，坦白說龍崎難以招架。

要打斷板橋的話嗎……？龍崎正這麼想，但他還沒有開口，板橋便繼續說下去：「但指示出動ＳＴＳ，並且在第一線指揮的，是龍崎署長。」

瞬間，龍崎懷疑自己聽錯了。

看來板橋並不是要支持本鄉。

本鄉也一樣吃驚。他啞口無言地瞪著板橋。

板橋繼續說道。

「一開始我認為嫌犯是死刑犯小宮山耕吉的弟弟英二，結果我是錯的，龍崎署長的推理才是對的。如果龍崎署長不在前線本部，或許不可能這麼快就逮到嫌犯。」

「所以怎樣？」本鄉激動地說。

「所以說，我們輸了。」

本鄉憤然駁斥。

「這不是輸贏的問題！」

龍崎也這麼想。但難得板橋站在自己這裡，用不著否定他的話。

龍崎決定靜觀其變。

「不，我認為這很重要。這個案子，是龍崎署長的案子。」

形勢不利的本鄉心情更糟了。

「嫌犯不會交給警視廳。這已經決定了。」

正確地說，這不可能是既定事實。只是神奈川縣警本部長這麼決定罷了。

這類問題應該和警視廳討論決定，縣警本部長不可能握有單方面的決定權。

但部長這麼說，板橋也無法反駁。他欲言又止，似乎不知道該說什麼好，只是盯著本鄉看。

反而是本鄉別開了目光。

這時，島村署長開口了：「把發生在東京的案子的嫌犯移送橫濱地檢，他們也會覺得莫名奇妙吧。」

本鄉轉頭看島村署長。他想要反駁，但好像不知道能怎麼說。

看來勝負已定。

龍崎這麼想，接口道。

「那麼，我會請SIT將嫌犯移送回大森署。」

本鄉陷入沉思。他不知道該如何向本部長交代吧。看著總教人有些同情起來了。

龍崎對本鄉說：「要我去向縣警本部長報告嗎？」

本鄉一臉驚訝地看龍崎。

「署長去報告……？」

「既然要移送到我們那裡，由我來知會一聲，才是道理。」

「既然署長這麼說的話……」

本鄉顯然大鬆一口氣。

龍崎想，看本鄉這種表現，應該沒辦法完全掌控板橋這種老江湖的偵查幹部。

「安排明天早上見本部長方便嗎？」本鄉說。

「已經過了午夜，所以是今天早上的意思吧？」

「對，正確地說……」

龍崎搖了搖頭。

「必須在今晚解決才行。盡快展開偵訊。我想立刻見到縣警本部長。」

本鄉的表情又沉了下來。

「現在就去嗎……？」

已經是午夜零時四十分了，但這又如何？對警察幹部來說，任何時間都是值勤時間。

「是的，請轉達本部長，我這就過去拜會。」龍崎說。

本鄉苦著臉取出手機。龍崎決定趁他打電話給縣警本部長時，連絡伊丹。

龍崎也掏出手機打給伊丹。

「喂，我是伊丹。」

「我現在讓SIT把嫌犯送過去。送到大森署就行了嗎？」

「好，就這麼做。」

「我現在要去向神奈川縣警本部長報告。」
「你要去找縣警本部長……？」
「本部長好像指示縣警的刑事部長，不許把嫌犯交給警視廳。」
「開什麼玩笑。」
「所以我照著你的要求做了。」
「你有辦法說服縣警本部長接受嗎？」
「不知道。如果我不成功，就交給你了。如果你也失敗，就叫警視總監出面。」
「光是想像就教人背脊發涼。你要好好努力。」
「再見……」
龍崎掛了電話，呼叫SIT的下平。
「麻煩你們把嫌犯移送到大森署。」
下平忽地露出擔心的樣子。
「還沒有向縣警本部長報告就開始移送，沒問題嗎？」

下平似乎聽到幹部席的對話了。這樣的細膩，真的很特殊班。龍崎回應。

「沒問題。縣警本部長那裡，事後報告就行了。」

下平係長點點頭。

「瞭解。」

SIT隊員俐落地開始行動。看著他們離開前線本部，本鄉部長說道。

「我這就帶署長去本部長宿舍。」

龍崎點頭。

龍崎搭乘本鄉部長的公務車前往橫濱。本鄉部長也一道同行。龍崎說他一個人就行了，但本鄉似乎覺得這樣未免過意不去。

時值夜半，馬路很空曠，不到三十分鐘就抵達縣警本部長的宿舍。那是一幢豪華的透天厝。做到縣警本部長，宿舍與署長的便有如雲泥之差。

本部長穿著睡衣在等龍崎。

「抱歉這副打扮。麻煩你特地跑一趟了。」

嘴上這麼說，態度卻相當倨傲。神奈川縣警本部長的階級是警視監，比警視長的龍崎更高一階。

「我才是，抱歉深夜打擾。」

「你是大森署的署長？卻直接來找我談？」

「不是談，是來報告。嫌犯已經送往警視廳大森署了。」

本部長的眉頭立刻擠出深紋來。

「怎麼回事？是誰決定這麼做的？」

「警視廳的刑事部長如此指示，由我做出最後決定。」

「你一個轄區小署長，憑什麼做這種決定？立刻把人帶回來。不，既然移動了，叫他們把人送到縣警本部。」

「把嫌犯送到神奈川縣警，並不合理。」

「是否合理，由我判斷。」

「本部長無權做這種決定。」

「不，我當然有權決定。」

「我認為本部長沒必要把麻煩事往身上攬。」

「麻煩事？」

「嫌犯還有在東京都內犯下殺人的嫌疑。要聲請逮捕狀，需要附上證據文件，到時必須特地向警視廳索取才行。而且嫌犯在神奈川縣警的話，就必須移送到橫濱地檢，屆時也必須再向警視廳詢問案情。我想檢察官不會願意這麼做。」

本部長的表情愈來愈難看了。

「這我都清楚。輪不到你來擔心。」

「綁架、拘禁，以及殺人。嫌犯身負三項嫌疑，其中在神奈川縣內發生的，只有拘禁罪而已。把嫌犯送交警視廳，才符合道理。」

「你一個轄區小署長，居然敢頂撞我這個縣警本部長？視情況，我不會輕易饒過你。」

龍崎開始感到厭煩。神奈川縣警本部長沒有資格處分龍崎。這一點本部長應該也心知肚明，卻仍要拿這件事來恫嚇龍崎。

「我早就受過降級人事，從警察廳長官官房總務課被派到轄區當署長，事到如今根本不在乎什麼處分。」

縣警本部長一臉驚訝。

「你待過警察廳長官官房總務課……？」

「我曾在總務課當課長。」

「課長？你到底是什麼人？」

「警視廳大森署署長。」

「你這傢伙太古怪了。你是幾期的？」

「大本鄉刑事部長兩期。」

「比部長還大……？階級是什麼？」

「警視長。」

縣警本部長的表情頓時變得有些尷尬。

「嫌犯已經送走了？」

「是。」

「這種情況，應該事先知會我一聲的。」

「很抱歉。我以為前線本部自行決定就行了……」

「要是出了什麼事，要負責任的可是我。」

「責任我會一肩扛起。我從警視廳過來，就是為了負責。」

縣警本部長想了一下，說道。

「沒辦法。既然你都這麼說了，這次就依你吧。」

「我認為這麼做比較聰明。」

「你說你叫什麼？」

「龍崎。」

「你這傢伙有意思。我會記住你。」

龍崎和本鄉部長起身，行了個一板一眼的禮。

龍崎也考慮過是否就這樣直接回東京，但他的公務車還在橫須賀署。而且或許還有什麼事需要他處理，因此還是先回橫須賀署一趟。

「你幫了大忙。」

回程車上，本鄉部長這麼說。

「這也是我職責所在……」

「署長以前在警察廳的長官官房嗎？」

「對。」

「我聽說署長和警視廳的伊丹部長是同期，一直奇怪你怎麼會是轄區署長。原來是降級人事……」

「中間出過很多事。」

「一般警察遇到降級人事，都會離職……」

「我很喜歡這份工作。」

「在轄區當署長嗎？」

「是警察官這份工作。」

「這樣啊……」

本鄉沒有再繼續攀談。龍崎實在是累了，不用說話，讓他感到慶幸。

這是個漫長的一天。早上六點半公務車就來接他，現在已經過了午夜一點半。想要在天亮前回到家。龍崎切實地如此希望。

回到橫須賀署的前線本部時，已經快兩點了。接下來處理一些瑣碎的雜務，兩點半可以回家了。

本鄉部長宣布。

「前線本部就此解散。辛苦了。」

龍崎有了案子總算結束的真實感。

「受大家照顧了。我想伊丹部長應該會另外再連絡。」

「請代我向伊丹部長問好。」

龍崎連絡公務車司機，準備回家。

島村署長過來說。

「署長真的讓我獲益良多。」

「我才是，多虧署長告訴我縣警的狀況，幫了大忙。」

「從明天——應該是今天呢，從今天早上開始，您又要回歸署長身分……」

「是的。一天大半的時間都耗在處理公文上。」

「我也是。」島村署長笑道。

龍崎起身。

「那麼，我告辭了。」

還留在前線本部的調查員同時起立。龍崎經過他們前面，走向門口。只要跨出這個房間一步，又能回歸大森署署長的身分了。

龍崎跨出了這一步。

他正前往電梯廳，有人從後方叫住他。

是板橋課長。

「有什麼事嗎……？」

「我想為了先前的各種無禮，向署長道歉。」

「我不認為課長有何失禮之處。」

「龍崎署長說，您有可能調到神奈川縣警來，成為我的頂頭上司。」

「我這麼說過嗎……？」

「坦白說，當時我心想『開什麼玩笑』，但現在我由衷期待成真的那一天。」板橋課長變得也真多。

雖然他的話不能照單全收，但感覺還滿不賴的。

逮捕嫌犯，平安救出肉票，每個人都興高采烈。這種時候就會忘了種種嫌隙。

「如果真有那天，到時還請多指教。」龍崎說。

板橋課長深深行禮。龍崎頷首回禮，前往電梯廳。

龍崎在公務車裡閉目養神。情緒還很亢奮，實在睡不著，但他認為只是像這樣閉目，就能恢復身心。

他想暫時忘掉案子，讓腦袋休息一下，卻是事與願違。

龍崎睜開眼睛。

伊丹有辦法確實挖掘出真相嗎……？

抵達自家的時候，已經凌晨三點半了。

他以為家人都睡了，沒想到妻子冴子還醒著，他吃了一驚。

「這麼晚了，你在做什麼？」

「做什麼？當然是在等你啊。」

「你不用等我的，又不知道什麼時候可以回來……」

「案子不是破了嗎？所以我想或許今天你就會回來……」

有人醒著等自己回家，感覺真的很溫暖。但要是因此而睡眠不足，疲勞困頓，那就得不償失了。

「你要注意健康啊。」

「我知道。洗澡水熱好了。」

「太好了。邦彥怎麼樣？」

「睡得很熟。到了早上，燒應該就會全退了。」

龍崎點點頭。

「我要去洗個澡，也去睡了。今天真的累了。你也睡吧。」

「好。」

冴子打了個哈欠，前往臥室。

泡進熱水的瞬間，忍不住長吁了一口氣。

熱水的溫暖滲透了疲倦的全身每一個細胞。必須像這樣恢復疲勞，天亮後繼續順利執行職務才行。

邦彥沒事嗎？

還是很擔心。如果今天不參加考試，又得繼續當重考生直到明年了。

龍崎愛莫能助。這是邦彥自己要做的決定。

人生當中，有時也必須勉強自己。對邦彥來說，今天或許就是這樣的關鍵時刻。

忽地，龍崎想起了伊丹。

那傢伙該不會還在指揮本部吧？

刑事部長不可能留到這麼晚，但伊丹有時會做出這種教人跌破眼鏡的事。

偵訊應該天亮以後才會開始，但伊丹或許會在本部等到倉持雅史抵達罷了。

龍崎心想。

不管是邦彥的事，還是伊丹的事，等到早上就知道了。今晚就睡了吧。

徹底泡暖身體，離開浴室，只喝一罐啤酒，連五臟六腑也溫暖了。進入臥室，冴子已經在床上睡著了。

龍崎也上了床。裹上被子，一股說不出的安心充塞了全身。

漫長無比的一天總算結束了。

23

龍崎在六點醒來了。

他不記得自己幾點上床的，但睡眠時間顯然不到三小時。他原想睡個回籠覺，但聽到客廳的動靜，驚醒過來。

今天是邦彥的大考第二天。

龍崎起身前往客廳。

邦彥和妻子都在客廳。兩人看到龍崎，都露出驚訝的樣子。

「咦，你起來了？」冴子說。

「邦彥，身體怎麼樣？」

「我很好。」邦彥回答。

「這樣啊。」

「考試九點半開始，但不知道會遇上什麼狀況，所以我提早出門。」

「這樣很好。」

說完這句話以後，就沒有什麼好說的了，龍崎杵在客廳門口。

「再去睡一下怎麼樣？案子都解決了。」冴子說。

「是啊……」

龍崎回到臥室鑽進被窩，卻毫無睡意。考試方面，只能交給邦彥自己了，但他還是放心不下。

他又起床去了客廳，一如平常地瀏覽各家報紙。綁架案首次見報了。

伊丹應該還沒有召開記者會，但因為嫌犯落網，報導限制已經解除了。

早報還沒有詳細報導，只說嫌犯落網了。晨間新聞節目有人提到案子，他轉頭望向電視。

主持人刻意強調這起案子有多嚴重。接下來報導戰爭將會白熱化。報導限制期間，記者們也並非坐視旁觀。他們應該都緊盯著大森署和橫須賀署，積極採訪。

看著這些報導，案子結束的真實感再次湧上心頭。

龍崎看著報紙和電視新聞，偷偷觀察邦彥的狀況。他好像已經準備好出門了。

戴著口罩。他想起認識的醫生說，等到感冒了再來戴口罩，沒有多大的意義。證據就是歐美並沒有這樣的習慣。

但如果直接呼吸到乾燥的戶外空氣，會刺激發炎的鼻腔和咽喉，因此有助於保持濕度的口罩是有保護效果的。此外，口罩似乎也有助於減少咳嗽和打噴嚏造成病原散播。醫生說只有這種程度的效果。

但現在對邦彥說這些也沒用，因此龍崎沒有說話。

邦彥似乎有食欲。他把冴子準備的早餐都吃光了。龍崎覺得果然是年輕人。

龍崎自己年輕的時候也是，不管燒得有多嚴重，也不太會影響食欲。年過四十，只要人稍微有點不舒服，就吃不下東西了。

七點半時，邦彥說要出門了。「也太早了吧？」龍崎說。

「我想在一個小時前抵達考場。」

「這樣啊。」龍崎點點頭。

「我出門了。」

應該說點什麼嗎？但龍崎想不到可以說什麼。現在再來說加油也沒用。本人已經夠努力了。

「天氣很冷，要小心。」

龍崎只能想到這句話。邦彥默默點頭。

美紀也起床了。

冴子和美紀送邦彥到玄關，但龍崎留在客廳。

他試著回想自己大學入學考的狀況，但奇妙的是，什麼都想不起來。他覺得也許是因為日久年深，而且大考本身對自己來說並不是多重大的事。

冴子一個人回到客廳。美紀好像又回去睡了。

「美紀不用起來嗎？」龍崎問冴子。

「今天是星期天啊。」

「這樣啊……」

「你看電視沒發現嗎？」

「我只想知道新聞內容，沒注意節目本身。」

「案子也破了，今天休假吧？」

龍崎忽然沉思起來。

伊丹派他坐鎮的前線本部已經解散了。這表示龍崎的職責結束了。

但大森署的指揮本部還沒有解散。因為要等到倉持雅史的偵訊結束，移送檢調，任務才算結束。

他也想要全部交給伊丹，今天好好休息。

但也不能這樣嗎……？

龍崎想，自己的署成立了指揮本部，光是這樣自己就有責任了。也不能躲起來不露臉吧。

他決定先打電話給伊丹。

「喂，我是伊丹。」

「倉持的偵訊怎麼樣了？」

「他昨晚幾乎不發一語。今天要正式問話。」

「你在哪裡？」

「還在家裡。」

「你會去本部嗎？」

「今天是星期天，警視廳本部也幾乎沒有工作，我應該可以待在指揮本部一整天。」

「我也應該過去吧。」

「……倒是，我有件事要跟你說一聲。」

「什麼事？」

「等你來了再說。」

龍崎在內心嘆氣。

他原本打算如果伊丹說「你不用來」，他就恭敬不如從命了。

「好。」

龍崎說，掛了電話。

「你要去上班？」冴子問龍崎。

「嗯，嫌犯還要偵訊，移送檢調。」

「幾點要出門？」

龍崎想了一下。平常他都在八點抵達警署，但今天他決定遵從國家公務員的上班時間。

「九點上班。我會叫公務車。」

「辛苦了。」

用完早餐，整理好儀容，公務車很快就來了。

「那我出門了。今天我盡量早點回家。」

但這也要看嫌犯的表現——龍崎內心忖道。萬一倉持的偵訊拖延，移送檢方的程序也會受到影響，無法早點回家。

冴子什麼也沒說，但她應該瞭然於心。

「路上小心。」

「邦彥就交給你了。」

「家裡的事就交給我，你好好為國奉獻吧。」

龍崎沒有去署長室，而是直接到指揮本部。如同在電話裡說的，伊丹已經來了。他從幹部席向龍崎招手。

指揮本部的調查員全體起立迎接龍崎。龍崎坐到伊丹旁邊。

「偵訊開始了嗎？」

「開始了。」

「然後呢……？」

「負責偵訊的刑警說，自白只是時間問題。」

「倉持和牛丸議員有什麼特別的關係嗎？」

「兩人之間找不到任何關聯。」

「問過牛丸議員了嗎？」

「問過了，他說他對倉持雅史這個人毫無印象。」

「我想也是……」

伊丹默默地看著龍崎。看似有話想說。

「對了，你說有事跟我說，是什麼事？」

「這裡不好談。」

「那去署長室吧。」

「好。」

兩人起身，調查員又全體起立。一板一眼成這樣，簡直就像搞笑了。

龍崎想著這些，和伊丹一起搭上電梯。

來到署長室後，伊丹一屁股在沙發坐下。他看起來也難掩疲態。在調查員面前絕對不會表現出這種樣子，但和龍崎兩個人獨處時，就放鬆下來了。

龍崎瞥了一眼堆在會客區桌上的檔案。他不在的期間，貝沼副署長似乎幫忙大略處理了公文，但有些公文無論如何都需要署長裁決。

「警務部或許會出面。」伊丹開口。

龍崎不明白這話的意思。

「警務部？」

「我是說監察官。逮捕嫌犯的是神奈川縣警的STS，而不是警視廳的SIT，警視總監好像聽到這件事了。」

「警視總監聽到這件事……？但這種事不就只有你可以報告嗎？」

伊丹搖頭。

「不是我。」

「但你向警視總監報告了吧？」

「我只報告說嫌犯落網，移送到大森署的指揮本部。」

「嫌犯是誰抓到的不重要。警視總監不該在乎這種事。」

「也沒辦法這樣。我必須說明為何讓STS攻堅逮人的經緯。」

「警視總監要你說明？」

「沒錯。依據說明結果，監察官可能會出面。」

「意思是我會受到調查？」

「以前大森署轄內發生挾持案時，監察官對你做過調查。這會是第二次。如此一來，你也逃不過處分。」

「我沒有做錯任何事。」

「即使你自認為沒錯，也有人認為有錯。這就是警察組織。」

龍崎回想起從縣警本部長的宿舍回去的車上，神奈川縣警的本鄉刑事部長所說的話。

他說「警察遇到降職人事，多半會選擇離職」。這話一點都沒錯。

但龍崎不打算辭職。他對警察這個職業感到驕傲，也認為要發揮自己身為公務員的能力，警界是最好的地方。

「除非遭到懲戒免職，否則我不打算辭掉警職。」

龍崎說，伊丹目不轉睛地看著他。

「你沒有聽從我的指示。我叫你讓SIT處理。」

「又要翻舊帳？你說把前線本部交給我，所以我在第一線做出決定。如果這麼做有問題，那麼你根本不該把前線本部交給我。」

伊丹閉上眼睛搖搖頭。

「我說過，我很慶幸把前線本部交給你。」

龍崎無法理解伊丹想要說什麼。

「當時必須盡快救出牛丸議員，而STS已經部署就緒了。再說，他們熟悉當地。當時沒有理由等SIT到場。」

「當然有理由等SIT。因為我叫你這麼做。」

「不，你沒有看到現場，而我人在現場。比起你的指示，更應該以我的判斷為優先。」

「我知道。」

龍崎更不明白伊丹到底在說什麼了。

「你到底要我怎麼樣？」

伊丹嘆了一口氣說。

「你沒有服從我這個刑事部長的指示，這是事實。這事必須有個了結。」

「你是要我寫辭呈嗎？我再說一次，除非遭到懲戒免職，否則我不打算辭去警職。」

「若是自願離職，就有離職金，找新工作時，也可以利用警界的人脈。但如果是懲戒免職，什麼都不必想了。」

「果然是要我寫辭呈……」

「不是，我並不是在暗示什麼，自願離職什麼的，只是在說一般情況。」

「那，你要我怎麼了結這事？」

「給我一句道歉就行了。」

「什麼……？」

龍崎以為伊丹在開玩笑。但伊丹看起來認真無比。

「你是轄區署長，我是刑事部長。就算我們兩個交情非比一般，也不能任你為所欲為。所以你要跟我說句抱歉。」

龍崎忍不住傻眼了。

「明明我的決定是對的，憑什麼我非道歉不可？」

伊丹板起臉來。

「就算你是對的，有些情況，立場上就是非這麼做不可。只要有你向我道歉的事實，我對警視總監就有了說法，監察那裡也交代得過去了。」

「你的意思是，你會替我疏通，但要我對你唯唯諾諾？」

「別說得那麼難聽。我是在提議解決方案。」

「解決方案……」

「沒錯。」

「向你道歉，是解決方案？」

「沒錯。」

龍崎沉思起來。

也不是什麼值得鬥意氣的事。如果說轄區署長違抗刑事部長是一種罪過，那麼他道歉就得了。

他覺得現在不是糾結這種問題的時候。

「好，我道歉。對不起。」

伊丹一臉啞然。

「你就不能更誠懇一點嗎？」

「我照你說的道歉了。」

「噯，好吧。」伊丹點點頭。「光是你向我道歉，我就爽快了。接下來交給我吧。」

「那不重要，你不是應該全力去解開案情嗎？」

「只要倉持自白，一切都解決了。」

龍崎皺眉。

難道伊丹沒發現嗎……？

龍崎還沒開口，伊丹的手機震動了。

「哦，指揮本部打來的。」

伊丹只對對方應了一句「我知道了」，就掛了電話。

「怎麼了？」龍崎問。

「倉持好像開始供述了。」伊丹站了起來。「回去指揮本部吧。」

24

上午十一點多，負責偵訊的調查員回到指揮本部，隨即去向管理官報告。

伊丹大聲說：「過來這裡，直接報告。」

兩名調查員表情緊張地來到高台前面。一人是警視廳本部的搜查一課人員，另一個是大森署的刑警。兩個都是老鳥了。管理官們也來到伊丹前面。其他調查員也遠遠地圍觀，想要瞭解偵訊狀況。

伊丹問兩名調查員：「嫌犯招供了嗎？」

搜查一課的刑警回答：「嫌犯對所有的罪狀，即綁架及非法拘禁牛丸真造議員，以及殺害司機平井進，皆坦承不諱。」

「犯案過程呢？」

「幾乎和本部推測的一樣。嫌犯變裝後，駕駛租來的車，故意衝撞從羽田機場出發的牛丸議員的座車。製造假車禍靠近之後，以預先準備的刀長約十八公分的野外求生刀殺害平井進。接著駕駛牛丸議員的車，移動到大森南五丁目……」

調查員繼續說明。

倉持雅史以預先開到附近停放的倉持動的小船前往橫須賀的大津港。上岸後，他躲藏在出差國外的表哥中井昇一的公寓，並將牛丸議員拘禁在這裡。

說明告一段落時，伊丹提問。

「動機是什麼？」

「嫌犯聲稱是因為父親說『你是個廢物』。」

「什麼？」

「部長知道嫌犯是個繭居族吧？」

「知道。」

「嫌犯沒有工作，也不幫忙家業。倉持雅史說，父親倉持動曾經那樣數落他。」

「在數落兒子的時候，倉持勳說兒子『是個廢物』？」

「是的。倉持雅史似乎一直對這句話耿耿於懷。他說既然如此，總有一天他一定要嚇破父親的膽……」

「這也算動機……？」

伊丹露出既像驚訝又是給愣住了的表情。

龍崎默默地聆聽報告以及伊丹的提問。

伊丹又問調查員。

「倉持和牛丸議員之間有什麼關係嗎？」

「沒有。」

「真的完全沒有嗎？」

「倉持供稱，他花了許多時間訂定縝密的計畫。重要的是計畫本身，目標是誰都可以。」

「目標是誰都可以……？」

「是的。牛丸議員經常出現在政論節目等等，知名度很高。倉持好像就是看到那類節目，對牛丸議員心存反感。」

龍崎認為這極有可能。一般看到電視，即使對什麼人覺得反感，隔天也會忘得一乾二淨。普通人會把電視節目這種非日常的世界和自己的日常生活區別看待。但若是深陷負面情感不可自拔，又拒絕參與真實社會的倉持雅史這種人，就有可能無法做出這樣的區別。

伊丹繼續提問。

「要計畫擄人，應該必須知道牛丸議員的行程。」

「嫌犯說他隨時掌握牛丸議員的部落格、推特這些社群網站。」

「果然是靠網路嗎……？」

「牛丸議員是推特重度使用者，好像也把返回選區後的行程詳細公開在上面。」

「方便和危險有時候是一線之隔呢……。那殺害司機平井的事呢？」

「說到這件事，倉持似乎非常氣惱的樣子。」

「氣惱……？」

「他供稱這是他計畫中的污點。起初的預定似乎是恐嚇平井，搶走車子，綁架牛丸議員。然而卻遭到司機出其不意的反抗，他非常生氣，憤而行凶。」

「他幹嘛那麼生氣？」

「嫌犯說是生氣計畫遭到破壞。他說阻礙必須排除才行……」

伊丹表情苦澀地喃喃。

「但也犯不著殺人吧。」

負責偵訊的調查員解釋。

「他這人感覺有點缺乏現實感。對於殺人這件事，或許沒什麼罪惡感。」

「你是說倉持是用遊戲的心態在做這件事嗎？」

「也可以這麼說。」

「原來如此……」伊丹邊想邊說。「他成功綁架了議員。他的計畫就到這裡，所以一開始才會沒有提出要求嗎……？就如同目標是誰都可以，要求是什麼都無所謂。所以在電視上看到死刑判決定讞的新聞，才想到可以要求釋放小宮山耕吉。這成了倉持的下一步……」

伊丹問負責偵訊的調查員：「是這樣嗎？」

「就像部長說的。倉持供稱他和小宮山也沒有任何關係。是看到網路新聞，才想到這個要求的……」資深調查員點點頭。

「倉持這靈機一動，引發了前線本部的混亂。」伊丹說。「死刑犯小宮山耕吉的弟弟英二蒙上了嫌疑。因為沒有人想得到，綁匪綁架眾議員院議員，提出來的要求居然是臨時想到的……」

伊丹沉思地說，問池谷管理官。

「移送檢調這部分沒問題吧？」

「沒問題。」

「那麼，立刻進入程序吧。」

龍崎驚訝地開口。

「等一下，就這樣而已？」

伊丹和偵訊負責人同時轉頭看龍崎。伊丹問道。

「什麼叫這樣而已……？」

「你們不懂嗎？」

「就是不懂才問你啊。」

「想想就知道了。沒有任何要求就綁架國會議員，甚至動手殺人，這不管怎麼想都不合理。」

「所以說，嫌犯把一切都當成遊戲……」

「嫌犯煞有介事地要求釋放死刑犯。這一切不可能是倉持雅史自己一個人想出來的。你們不覺得背後另有玄機嗎？」

「什麼玄機……？」

「還記得我們談過，綁匪或許不只一人嗎？」

「哦，可是結果倉持是單獨犯案的。倉持本人這麼供稱。」

「此外，管理官也研究過綁架是牛丸真造自導自演的可能性。」

「可是……」池谷管理發言。「這個說法最後也被否定了……」

「當時的否定，是認為牛丸真造本人不可能假冒綁匪。但如果有其他方法的話……」龍崎說。

「慢著，」伊丹困惑地說。「你到底在說什麼？」

「這個案子，有兩點怎麼想都很不自然。其中之一，是倉持對牛丸真造的行程太過瞭若指掌了。」

「他說他是從牛丸的部落格和推特上看到的。」

「你覺得從網路上，連議員從選區回來的班機時刻都能知道嗎？」

「這……」

「還有一點，就是祕書田切勇作拚命向我們運作，避免議員失蹤的事曝光。堂堂國會議員行蹤不明，居然希望警方私下找人，這不管怎麼想都太不自然了。」

「不是祕書從牛丸議員平時的表現如此判斷嗎？」

「如果是政治人物的祕書，應該會考慮到萬一，採取萬全的措施才對。」

「那到底是為什麼……」

「因為如果警方大規模找人，有可能目的還沒有達成，牛丸議員就先被找到了。」

「你說的目的是……?」

「殺害司機平井進。」

「什麼……?」池谷管理官出聲。「歹徒的目的有可能是殺害平井——我記得這是野間崎管理官提出來的假說,但當時就是龍崎署長否定說這太不現實了……」

「我當時的意思是,如果是牛丸本人親自動手,太不現實。但如果動手的不是牛丸議員本人,那就另當別論。」

伊丹呻吟地喃喃道。

「居然會是這樣……」

龍崎對伊丹說:「你和我都只和田切通過電話。案發當時田切人在哪裡,我們都沒有掌握。」

伊丹沉默,陷入思考。龍崎又繼續說。

「以倉持執行的綁架案來看,有許多說不通的地方。這些疑點不能用一句遊戲感覺帶過。如果倉持是被人操縱的，一切都說得通了。」

「你是說，是田切在操縱他？」

「田切原本是警察官，對偵查手法瞭若指掌。但田切一個人辦不到，必須牛丸本人也插一腳。倉持是在連自己都沒有發現的情況下，被巧妙操縱了。做得到這一點的，就只有他們兩人。」

伊丹抬頭，以明確的口吻宣布。

「重新徹查。依龍崎署長剛才說的可能性，重新審視全部的事證。」

這句話讓管理官和調查員全都動了起來。

由於倉持招供而一度鬆弛下來的指揮本部，又一口氣緊繃起來。眾調查員再次馬力全開。

25

新情報陸續進來了。因為找到了對的礦脈，當然可以從中源源不絕地挖出名為事實的礦石。

龍崎看著指揮本部，感覺自己的職責真正結束了。

晚上六點多的時候，也許是察覺龍崎這樣的心思，伊丹說。

「後面交給我吧。」

「其實我應該留到最後的。」龍崎說。

「沒問題的。你在前線本部已經大顯神通了。」

「抱歉，這次就恭敬不如從命了。我很擔心邦彥。」

伊丹連點了幾下頭。

「我都忘了，昨今兩天是複試嘛。」

龍崎決定不說出邦彥昨天在考場倒下的事。伊丹又會不必要地操心吧。

「那，我先告辭了……」

龍崎起身前往門口。一聲口令，調查員全都起身立正。龍崎停步轉身，向眾人行禮。

一回到家，他立刻問妻子冴子。

「邦彥怎麼樣？」

「在睡覺。好像精疲力盡了。」

「……那考試呢？」

「我不是說了嗎？精疲力盡，表示付出全力了。」

「這樣啊。」

不管怎麼樣，邦彥完成了自己該做的事。接下來只能等待結果了。

「你的工作呢？」

「哦，我的任務結束了。伊丹說後面交給他。」

「辛苦你了。」

晚餐、熱水澡、清潔的床鋪和寢具。雖然平凡，感覺卻如此珍貴。倉持雅史連這樣的平凡都十分匱乏吧。所以才會遭人利用，染指犯罪。現在有許多的年輕人處在和倉持同樣的狀況下。一想到這裡就覺得沉重。

但憂慮也沒有用。龍崎也和邦彥一樣，只能做好自己該做的事。明天應該又會是忙碌的一天。沒空嘆息或消沉。

隔天是星期一，送上來的公文比平日更多。龍崎忙著蓋印章、開會。

伊丹那句「交給我」，讓龍崎認為他已經免去了指揮本部副本部長的職務，因此回歸到一般的署長業務。

下午三點多，總算喘一口氣時，伊丹打電話來了。

「完全就如同你猜想的。」

「當然了。」

「你這傢伙還是老樣子，一點都不可愛。」

「田切被拘捕了嗎？」

「對。追問之後，他坦承不諱。他因為完全清楚警方是如何辦案的，似乎悟出再也逃不掉了。」

「平井是誰殺的？」

「就是倉持。是牛丸巧妙引導倉持和平井發生爭執。起初田切原本是打算趁雙方衝突的時候動手殺人，所以也待在附近。但倉持情緒失控，殺死了平井，所以田切也省得弄髒自己的手了。」

「也就是倉持的表現超乎預期……田切和牛丸殺害平井的理由是什麼？」

「違反政治資金管制法。一旦被追查，有可能發展成收受賄賂。其實不光是這樣而已。牛丸有個要命的嗜好，他有時會參加凌虐女童為樂的完全會員制俱樂部。平井準備把這個把柄賣給記者。而田切從別家記者那裡得知雙方連繫的事實。」

倉持和田切似乎是透過網路上的朋友認識的。

龍崎嘆了一口氣。

政治人物就是會做些愚不可及的事。不，操弄金錢，也是政治的一部分嗎……？不過少女買春，這實在……人有時候實在是愚蠢得可怕。

每次調查殺人案，龍崎總是會疑惑：人為何會犯下根本不合算的犯罪？如果所有的人都能理性行動，這世上應該就不會有犯罪了。

龍崎對伊丹說。

「你特地來通知我？我得向你道個謝。」

伊丹的語氣沉了下來。

「還沒完。我有件事要通知你。」

「什麼事？」

「就是那件事。」

「什麼事？」

「監察官可能會出面的事。」

都忘了。

伊丹說過，龍崎違抗刑事部長命令的事被視為問題，監察官有可能展開調查。

「那件事可能會怎麼發展？」

「剛才我向警視總監進行最後報告了。我不得不提到你的決定。」

「在你報告之前，警視總監就知道是神奈川縣警的STS逮捕嫌犯了？」

龍崎確認。

「沒錯。」

「是誰告訴警視總監的？」

「我怎麼知道？」

「我猜會不會是縣警本部長……」

「或許是吧。應該是想炫耀STS的功勞。」

「那，我會有什麼下場？」

「噯，別急，這得依序說明才行。」

這傢伙在吊什麼胃口？是什麼不好明白告訴我的內容嗎？

「我不管受到什麼調查都無所謂。要我見監察官的話，隨時奉陪。」

「少胡說了。監察官展開調查，就代表要做出處分。你可以這麼輕易亮白旗嗎？」

「沒人說要亮白旗，我只是說出事實。」

「有時候不是這樣就能解決的。」

「你是要說，監察官會以進行處分為前提來找我嗎？」

伊丹嘆了一口氣，沒有立刻回答。

果然在劫難逃嗎……？

正當龍崎這麼想，伊丹語調徐緩地說道。

「為什麼你就是不肯聽我把話說完？」

「為什麼你就是不肯直接說結論？」

伊丹再次嘆氣。

「說到哪去了……？對了，說到我去向警視總監進行最後報告。」

「對。」

「就像你說的，警視總監已經知道抓到倉持的是神奈川縣警的特殊班。總監問怎麼會是這樣，我不得不回答，這是前線本部長的決定。因為事實如此。」

「那就沒問題了吧？」

伊丹不理會龍崎的話，繼續說下去。

「警視總監問指揮前線本部的人是誰，我說是大森署的龍崎署長。」

「唔，正式的前線本部長是神奈川縣警的刑事部長，但實質上可以說是我在指揮吧……」

「總監問我，為什麼明明是警視廳的人指揮，逮捕嫌犯如此重要的環節，卻會交給神奈川縣警執行？」

龍崎開始厭煩。

「我直接去和警視總監談。」

「警視總監不是轄區署長想見就見得到的。」

「但我是當事人吧？聽當事人親口說明是最快的。」

「沒有懲處。」

「所以說，我直接……」說到這裡，龍崎反問：「你說什麼？」

「如果攻堅失敗，或許你會被究責。但攻堅成功了。」

「雖然綁架本身可以說就是一場假戲……」

「當時還不知道這件事，倉持也是真心要綁架議員的。所以攻堅行動是有意義的。」

「你是說，警視總監接受了？」

「是否接受我不知道，但總之他認定沒有問題。」

「警務部呢？」

「決定不予追究。當然，監察官也不會出面。」

龍崎忍不住茫茫然地看著半空中。

「你為什麼不直接告訴我？」

「想說嚇你一下，看看你會不會反省。」

「我沒必要反省。我有自信我做出了正確的決定。因為你說不聽從刑事部長的指示是個大問題，所以我已經好好向你道歉過了。」

「那算是好好道歉嗎？」

「我向你道歉了，這是事實。」

「好吧，不跟你計較。總之我向警視總監說明，你當時人在現場，最清楚狀況，是全盤考量之後的決定。」

「換句話說，你替我美言幾句嗎？」

「不是跟你說交給我了嗎？」

真是個愛賣人情的傢伙。但伊丹確實努力替龍崎免去災禍。這一點不得不坦然承認。

龍崎這麼想，說道。

「我也認為遵守警察組織的秩序很重要。所以我並非不理會你的指示，而是經過充分的考慮，選擇了當下最好的做法。這一點你要明白。」

「嗯，我很明白。」

「謝謝你迴護我。」

結果，聽得出伊丹笑了。

「就是這句話。」

「什麼？」

「我就是想聽你這句話而已。再見。」

電話掛斷了。

「真是……我忙得很的。」

龍崎喃喃道，繼續解決公文。

三月的某個星期日。

龍崎以眼角餘光掃著坐立難安的冴子。美紀也不停地在自己的房間和客廳之間來來回回。

邦彥去看榜了。還沒有消息。

從剛才開始，冴子就一直拿起手機又放下。

「你冷靜一點吧。」

龍崎看不下去說。

「我知道。」

「一知道結果，邦彥就會立刻通知。」

「要是有上榜的話。」

「什麼意思？」

「萬一落榜了，就不好用電話報告吧？」

是這樣嗎？

龍崎嚴肅思考。不管是否上榜，都應該第一時間通知家裡才對。

「總之結果都已經出來了，我們在這裡提心吊膽也沒用。」

「是這樣沒錯，可是……你居然冷靜得下來。」

龍崎沒有應話。他當然一點都不冷靜。他也很在乎結果。

邦彥背負著發燒這樣的不利條件參加考試。但有時逆境反而能帶來正面效果。因為沒工夫胡思亂想，也有可能更加心無旁騖。

但龍崎也很清楚，這只是樂觀的希望。身體狀況影響還是很大。

傳來玄關門打開的聲音。好像是邦彥回來了。

冴子和龍崎對望。冴子從沙發站起來，美紀也從房間出來了。

邦彥沒有打電話就回來了。根據冴子的說法，這種情況意味著落榜……

邦彥走進客廳。冴子交互看著邦彥和龍崎。龍崎開口問。

「怎麼樣？」

邦彥神情凝重。

果然落榜了嗎……？

正當龍崎這麼想的時候，邦彥豎起拇指往前伸，接著咧嘴一笑。

「上榜了！」

氣氛一口氣緩和下來，美紀歡呼雀躍。

好久沒看見邦彥的笑容了。

龍崎感慨萬千。

娛樂系 047

宰領—隱蔽搜查 5

作者　今野敏
譯者　王華懋
責任編輯　林依俐
美術設計　POULENC
書衣裡插畫　chocolate
內文排版　高嫻霖

發行人　林依俐
出版　青空文化有限公司
台北市大安區敦化南路二段105號10樓
讀者服務信箱：service@sky-highpress.com

總經銷　大和書報圖書股份有限公司
電話　02-8990-2588

印刷　前進彩藝有限公司
出版日期　2023年7月　初版一刷
定價　420元
ISBN　978-626-95272-9-8

國家圖書館出版品預行編目 (CIP) 資料

宰領：隱蔽搜查 5 / 今野敏著；王華懋譯．-- 初版．-- 臺北市
：青空文化, 2023.7
400 面；　10.5 x 14.8 公分．--（娛樂系；47）
譯自：宰領：隱蔽捜査 5
ISBN 978-626-95272-9-8(平裝)
861.57　　112008123

青空線上回函